गेल्हा

(उपन्यास)

रामानुज 'अनुज'

PG
PUBLICATION

Delhi - 110089, India

प्रथम संस्करण : 2021
ISBN : 978-93-90889-95-2

मूल्य : 275/-

© सम्बंधित रचनाकार के अधीन
आवरण : ज्योति

गेल्हा (उपन्यास)
रामानुज 'अनुज'

Gelha (Upanyas)
By : Ramanuj 'Anuj'

Published by
PRAKHAR GOONJ PUBLICATION
H-3/2, Sector-18, Rohini, Delhi-110089
E.mail : prakhargoonj@gmail.com
          sinha.neelu~123@gmail.com
Ph. : 011-27851059, 7982710571, 7838505899
web : prakhargoonjpublications.com

रामानुज 'अनुज'

पूरा नाम : रामानुज श्रीवास्तव

जन्म   – 25 जुलाई 1958
              (गुरु पूर्णिमा) ग्राम धोवखरा,
              रीवा जनपद (मध्यप्रदेश)

शिक्षा   – आदर्श विज्ञान महाविद्यालय
              रीवा से स्नातक।

निवास   – हनुमाननगर, रीवा (मध्यप्रदेश)

जीमेल   – ramanuj.shrivastava370@gmail.com

कृतियाँः

गीत-नवगीत-मुक्तक-दोहा (04)ः सलिला, रोटी सेंकता सूरज, बोल उठी सिंदूरी शाम और चल साजन घर आपने।

गजल (14)ः मैं बोलूंगा, अभी सुबह नहीं, अनकहा सच, दस्तार, अभी ठहरा नहीं हूँ, जिंदगी गजल बन गई, करती है संवाद हवा, तीसरी आंख, बनी रात की प्रहरी शाम, झांक रहे हैं भीतर लोग, हजल के बहाने, और हजल बन गई, बस एक हजल चाहिए, बुलबुल तरंग।

कहानी (03)ः लेलगाड़ी, लामट बेटा, हलो हम किस्से बोल रहे हैं।

व्यंग्य (02)ः राग देहाती, मुच्छ नहीं तो कुच्छ नहीं।

बघेली साहित्य (01)ः माटी के बोल।

उपन्यास (09)ः जूजू, मैं मौली, कैसी चाहत, झुके हुए लोग, मंगला, अपुन पेट बोल रए है, जमूरा, गेल्हा, वनराज।

समर्पण

माता-पिता को,

समस्त गुरुजनों को,

विंध्य की हवा, पानी, मिट्टी को,

झील-तालाब, कूप-नदियों को,

अन्न उपजाते खेतों को,

उन्नत भाल पहाड़ों को,

गीत गुनगुनाते परिन्दों को,

प्रतिपल जिंदगी की दास्ताँ कहते चौपायों को,

प्राण वायु उत्सर्जित करते दरख्तों को।

प्रकृति का मानवीकरण गेल्हा

गेल्हा वह सरोवर है, जिसमें कभी कुमुदनी और कमल के पुष्प खिलते थे। अगस्त माह व्यतीत होते ही कुमुदनी के पुष्पों से पूरा सरोवर आच्छादित हो जाता था। ठंडी की शुरुआत होते ही रंग-बिरंगे पंखों वाले मेहमान पक्षी आमद शुरू कर देते थे जो गर्मियों की शुरुआत तक गेल्हा के मेहमान होते थे। उस समय सरोवर का दृश्य नयनाभिराम होता था।

यह सरोवर रीवा जिले के गाँव धोवखरी में अवशेष के रूप में अब भी मौजूद है। इसी से लगा हुआ स्कूल है। मैं और लेखक साथ-साथ पढ़े हैं। तालाब के जल को स्पर्श किए हैं। सरोवर के सुंदरतम कलेवर को जी भर आंखों के कैमरे में उतारे हैं। उपन्यास पढ़ते ही वो भूले हुये पल याद आ गए जिन्हें हम जिए हैं। हम दोनों एक दूसरे को बहुत करीब से जानते हैं। उपन्यास पर दो शब्द कहने का मेरा हक जाता है। यह कथानक उस जगह का है जहाँ से हमारी अतीत की यादें जुड़ी हैं। वह स्कूल और गुरुजन सब हमारे हैं उनकी कृपा से हमें उतना मिला हुआ है जिसकी पात्रता हमें नहीं थी। धन्य है लेखक रामानुज अनुज, धन्य है उनकी समझ और उनका रचना कर्म जिसके बलबूते एक स्थावर सरोवर में प्राण समाहित कर आवाज भरे हैं। गेल्हा अभूतपूर्व, संस्मरणात्मक, जीवनीपरक उपन्यास है।

उपन्यास की शुरुआत अत्यंत सहज और विनम्र शब्दों से होती है, जो वर्तमान साहित्यकारों, रचनाकारों के लिए एक गोपनीय संदेश है और मेरे लिये हर्ष मिश्रित आश्चर्य का विषय है।

'मैं सहृदय पाठकों, गुणीजनों, गुरुओं, माता-पिता, देश की मिट्टी, दरख्त, दरिया, खेत, तालाब, तृण, गोचर-अगोचर वस्तुओं का तथा सम्पूर्ण कायनात में हुकूमत करने वाले परम शक्तिमान महेश्वर को दंडवत प्रणाम करते हुए विषय प्रवेश करता हूँ। हे सूर्यदेव, चंद्रदेव, वरुण देव, पवनदेव, कुल देवता, ग्राम्य देवता आप सभी का समादर आह्वान है, गेल्हा की हर

बात की गवाही बनिए, उसकी बात कालांतर तक सत्य बनी रहे।'

(उपन्यास से अंश)

मैं साक्ष्य देता हूँ, गेल्हा सत्य है, उसका पावन-पवित्र जल सत्य हैं, बहु रंगीन पंख वाले जल विहार करते हुए पक्षी गण सत्य हैं। मेड़ पर प्रहरी की तरह मौसम के बदलते मिजाज से जंग करने को तैयार खड़े विभिन्न प्रजातियों से पेड़ सत्य हैं, सन्नई सत्य है, पूर्व माध्यमिक विद्यालय धोवखरी सत्य है, गुरुजन सत्य हैं, लेखक सत्य है, उपन्यास का हर किरदार सत्य है और गेल्हा का हर कथन सत्य है।

सरोवर के मेड़ पर से मिले ग्यारह पन्ने उपन्यास के आधार हैं। बहुत मुश्किल काम होता है, परकाया प्रवेश कर उसकी बात उसी के मुँह से कहलवाना किन्तु रामानुज अनुज के लिए यह एक खेल की तरह है। किरदारों के साथ जीने वाला लेखक ही गेल्हा जैसे उपन्यास की रचना कर सकता है। एक जगह वे स्वीकारोक्ति में लिखते हैं 'यह कोई नई खोज नहीं है, यह नियमबद्ध है, अवसान के पूर्व जड़ चेतन, ग्रह-नक्षत्र सभी संकेत देते हैं। मोटी बात जिसका आज जिक्र कर रहा हूँ, सूर्य डूबने से पहले संकेत देते हैं, दिन-रात अपने जाने से पहले स्पष्ट संकेत देते।'

मुंशी प्रेमचंद ने उपन्यास को 'मानव चरित्र का चित्र' कहा है। इस चित्र को तैयार करने में कई रंगों की जरूरत होती है। मनीषी, इन रंगों को उपन्यास के तत्व कहते हैं, यथा कथावस्तु, पात्र एवं चरित्र चित्रण, प्रधान पात्र, सह-पात्र, संवाद, वातावरण, भाषा-शैली, जीवन दर्शन और उद्देश्य।

इस उपन्यास में सभी रंग मौजूद हैं। भाषा शैली तो कहीं पर भी बनावटी नहीं लगती। जैसा किरदार का परिवेश है वैसी ही उसकी बोली है। देखिए लेखक और बंटी के बीच का संवाद-

'ठीक है, खुश हो जाओ। मैं लिखूँगा, बहुत अच्छी लिखूँगा।'

वह खड़ा हो गया और मुझे घूरते हुए बोला- चाचू!

बड़े दिल के मनई हो, वो सब बातें लिखना जो औरत-मरद, परेमी-परेमिका के बीच कही जाबे है। पै सच्ची लिखना चाचू, लफ्फाजी नै चलेगी।

'मैं लिखकर रखूँगा, तुम घर से ले जाना।'

'वो बात भी लिखबे, चाचू।'

'कौन-सी?'

'बोही, जो कहत नहीं बने, लिखत नहीं बने।'

'कैसी बातें करते हो, यह संभव नहीं।'

'कइसे सम्भव नै, फिर काहे के साहब हो?'

(उपन्यास से अंश)

लेखन विधि की नवीनता वस्तुतः कथानक को अधिक भरोसेमंद बना देती है। प्राचीन भारतीय संस्कृति की तरह गेल्हा में सम्पूर्ण मानवीकरण है। गेल्हा (सरोवर) को नायक के रूप में प्रस्तुत कर रामानुज अनुज ने उपन्यास की दुनिया में क्रांति ला दी है। गेल्हा बहुत बड़े विद्वान, ज्योतिषी, पण्डित, धर्म मर्मज्ञ, भविष्य वक्ता, और अरस्तू सदृश दार्शनिक का किरदार है। वह भूतकाल की गवाही देता है, वर्तमान की संरचना करता है तथा भविष्य की घटनाओं का ऐलान करता है। मेरा मानना है, धर्म दर्शन, वेद-पुराण का सारांश है, यह उपन्यास। लघु जीवन में उपन्यास का कोई भी पृष्ठ पढ़ लेने भर से सकारात्मक जिंदगी जीने का सूत्र अवश्य मिलेगा।

मैं यह भी भलीभांति जानता हूँ, गेल्हा, बंटी, बदरी, और ठाकुर दादू सहित अन्य किरदारों की भूमिका में स्वयं लेखक हैं परन्तु लेखकीय चातुर्य लेखक को प्रकट होने नहीं देता है। उपन्यास के समापन में लेखक की यह आत्मस्वीकारोक्ति लेखक को विश्व के महान उपन्यास लेखकों की कतार से अलग खड़ा करता है।

'जब कभी अकेलापन महसूस करता हूँ, तब उन पलों को महसूसता हूँ जो कभी अपने थे। मैं ईश्वर का धन्यवाद करता हूँ, वे पल आपकी निगेहबानी और नजरसानी में अब

तक स्मृतियों के खजाने में महफूज हैं। यदि अतीत के पल न होते तो वर्तमान का अनुवाद कौन करता? कैसे सम्भव होता आने वाले कल के स्वरूप की घोषणा करना? गुजरा हुआ लम्हा ही वर्तमान का अनुवादक और भविष्य का वक्ता है।'

(उपन्यास से अंश)

बाकी का हिस्सा पाठकों के लिए, अन्तः सिर्फ इतना ही कहूँगा लेखक और गेल्हा दोनों अद्भुत हैं। उपन्यास पठनीय और संग्रहणीय है। मेरी शुभेच्छाएं शूक्ष्म रूप से लेखक के प्रति हैं, इस भरोसे के साथ कि तुम अकेले नहीं हो, तुम्हारे साथ तुम्हारे किरदार हैं, सहृदय पाठक हैं, और गेल्हा है।

पद्मधर झा नन्दलाल
संगीत संयोजक एवं गायक
(पूर्व शासकीय संगीतकार)

प्रस्तावना

उपन्यास क्या है?

उपन्यास केवल किस्सा-कहानी की मोटी किताब नहीं है। उपन्यास का मतलब सीधा सरल और स्पष्ट है। उप्न्यास, 'उप' का मतलब है निकट, 'न्यास' मतलब रचना। अर्थात जीवन के फलसफे को कागज के केनवास में विधिवत उतार कर निकट रखा गया। मेरे हिसाब से उपन्यास वह दस्तावेज है, जिसे जो भी पढ़े, उसे यह प्रतीत हो कि हमारे ही जीवन की कथा, हमारी ही बोली-भाषा में लिख दी गई है। उपन्यास के द्वारा लेखक अपने हृदय की बात को रोचक ढंग से पाठकों तक पहुँचाता है। साहित्य के जितने विधान तजवीज हुये हैं, उनमें से सबसे सरल और लचीले विधान को लेकर एक योग्य उपन्यासकार उपन्यास रचता है।

मुंशी प्रेमचंद ने उपन्यास को 'मानव चरित्र का चित्र' कहा है। इस चित्र को तैयार करने में कई रंगों की जरूरत होती है। मनीषी, इन रंगों को उपन्यास के तत्व कहते हैं, यथा कथावस्तु, पात्र एवं चरित्र चित्रण, प्रधान पात्र, सहपात्र, संवाद, वातावरण, भाषा-शैली, जीवन प्रसंग और उद्देश्य।

हर रंग के गुण और विशेषताओं को व्याख्यायित करने का उद्देश्य मेरा नहीं है, इससे सभी विज्ञ परिचित होंगे, हाँ! भाषा-शैली को लेकर यह जरूर कहूँगा कि पात्रों की योग्यता अनुसार भाषा का चुनाव करना आवश्यक है। गाँव के निपट-अपढ़ पात्र से पैरहन और लहजा परिवर्तन की उम्मीद नहीं करनी चाहिए। एक अन्य महत्वपूर्ण तत्व का अल्प जिक्र भी जरूरी बनता है, उपन्यास रचना घर बैठे सम्भव नहीं है, कथानक की जगह स्वयं को ले जाना पड़ेगा, वहाँ की भौगोलिक स्थितियों, रहन-सहन, रीति-रिवाजों से रूबरू होने पर ही सजीव चित्रण हो सकता है। पात्रों को जीवंत करने के लिए लेखक को भी उसी तरह का बनना जरूरी है। इसी रूपांतरण और अनुभूति को परकाया प्रवेश कहते हैं। बिना काया प्रवेश

किए हुए पात्रों का चित्रण बनावटी लगेगा। यह इतना आसान भी नहीं है, जल में घुसकर हवन करने की तरह है। लेकिन लगन और जिद के आगे सबको गली देनी पड़ती है।

उपन्यास, लेखक की सोच का वृहद कथा स्वरूप में लिपिबद्ध किया हुआ दस्तावेज है। पुस्तक में वर्णित किरदार समाज के जीवित या अजीवित व्यक्ति होते हैं, घटनाएं, देखी-सुनी होती हैं, कुछ कल्पित होती हैं, जिनमें कभी-कभी भविष्य की घटनाओं का संकेत होता है। इनके साथ लेखक का ताल्लुक था या अब है, या होगा, से निश्चित ही बना रहता है। बड़ी चतुराई के साथ परकाया प्रवेश करता हुआ लेखक उनसे संवाद करता है। बिना परकाया प्रवेश के किरदारों को जीवंत नहीं किया जा सकता है। एक चीज और, जो लेखक, लेखन और पात्रों को एक सूत्र में पिरोती है, वह है, कल्पना शक्ति, हृदयगत भावों के अभिव्यक्ति की शैली। निःसन्देह यह लेखक की स्वयं की पूँजी होती है। अध्ययन, चिंतन-मनन से इस पूँजी का संचय और विकास करना चाहिए और जरूरत मुताबिक खर्च करना चाहिए। कभी-कभी अज्ञात से भी प्रेरणा मिलती है, संदेश मिलता है, जिन्हें हर कोई समझ नहीं पाता है। एक अंतर्मुखी सहृदय लेखक को उन शक्तियों का सहज प्रसाद मिलता है।

रामानुज श्रीवास्तव

गेल्हा को नमन

माँ शारदा का आह्वान कर आज फिर से उस रास्ते पर चल पड़ा हूँ जिस रास्ते पर चालीस-पचास साल पहले चला हूँ। आज वे रास्ते बदले हुए स्वरूप में दिखाई पड़ते हैं, किन्तु कितनी भी शक्ल क्यों न बदल लें, मेरी आँखें उन्हें पहचान जाएंगी।

उन रास्तों में ऐसा क्या है जो लिखने योग्य है? दृश्य में कुछ भी नहीं, अदृश्य में एक जीवंत दस्तावेज छिपा है। नदी का सलिल कभी नहीं सूखता, यह भ्रम है, हमारा अज्ञान है जो नदी को निर्जला कह देते हैं। वह अपने जल को छिपा लेती है, किसी गलत भावना से नहीं। जब कभी सत्यता जाँचनी हो पैने नाखूनों से खुरचकर नदी की रेत हटाइये, मिल जाएगा जल। नदी परोपकारी है। जरा सा गड्ढा बनते ही जल संचयन शुरू कर देती है, प्यासे परिन्दों के लिए।

यह आम धारणा है, और सत्य भी है, गायब हुए लोगों की तलाश नहीं होती है। चार दिन में लोग उनका नाम भूल जाते हैं। गायब हुआ इंसान सारी जिंदगी इस मुगालते में रहता है कि वह घर और समाज के लिए महत्वपूर्ण है। मृत्यु पश्चात उसकी कमी घर-समाज को खलेगी, उसे याद किया जाएगा

परन्तु सच्चाई यही है, किसी के होने या न होने से किसी को कोई फर्क नही जाएगा।

न रुकी वक्त की गर्दिश, न जमाना बदला।

पेड़ सूखा तो परिंदो ने ठिकाना बदला।

लेकिन मैं ऐसा नहीं होने दूँगा। किसी को गायब नहीं होने दूँगा। मैं हमेशा उन गलियों का जिक्र करूँगा, जिनसे होकर गायब हुए लोग कभी चले हैं। इन गलियों से होकर गुजरने वाले पथिकों ने पदचिह्न जरूर छोड़े होंगे। मैं पहचान लूँगा, यथोचित इस्तकबाल करूँगा। जिनकी वजह से मैं आज इस मकाम पर आकर खड़ा हुआ हूँ, उन्हें प्रतिदान में शब्दांजली के दो फूल जरूर अर्पित करूँगा। गेल्हा से मिले पन्नों में उकेरी आकृतियों

को पढ़ने के काबिल तो नहीं हुआ हूँ फिर भी एक-एक करके सभी पन्नों को पढ़ने और समझने की कोशिश करूँगा। अदृश्य शक्तियाँ अवश्य मदद करेंगी।

गेल्हा से मिले ग्यारह, अलग-अलग पन्नो में उकेरी तिरछी-आड़ी रेखाकृतियों का तर्जुमा हूबहू बयान करने की कूबत मुझमें नहीं है, यह एक युग का इतिहास है, अनेक किरदारों की दास्ताँ है। इन किरदारों का मैं ऋणी हूँ। गाँव धोवखरा, जनपद रीवा मध्यप्रदेश के एक अत्यंत पिछड़े गाँव के अतिसाधारण कायस्थ कुल में जन्म लेने वाला दुबला-पतला बालक आप सभी के आशीर्वाद से आज रामानुज अनुज है। मैं उन भुला दिए गए लोगों के लिए अधिक कुछ नहीं कर सकता हूँ, किन्तु ग्यारह पन्नों में लिखी इबारत की मदद से भूले-बिसरे चित्रों की व्याख्या करने का प्रयास अवश्य करूँगा और इस यात्रा में उन रास्तों की धूल उठाकर माथे पर मलूँगा जिनसे होकर भूले-बिसरे हुए लोगों के पाँव चले हैं। यह बेहतर है, वे रास्ते मुझे आज भी दिखाई पड़ रहे हैं, समझ में आ रहे हैं।

यह मेरे हृदय की रागात्मक अभिव्यक्ति नहीं है, और न जादुई शब्दों के संचयन का प्रदर्शन है, जिससे पाठक आकर्षित हो जाएँगे। ऐसी योग्यता मुझमें है भी नहीं, न चाह है। मैं शब्दों के जाल में फँसाकर मिथ्या वाचन नहीं कर सकता हूँ। 'ज्यों की त्यों धर दीन्हीं चदरिया का सदैव अनुगमन किया हूँ। काव्य का संसार वैसे भी स्वयं वाचाल है। उसकी वाणी है, रवानी है, खनक है, झनक है, रंग और गमक है, तब क्यों अलग से अन्य अवयव मिश्रित कर असलियत में रद्दोबदल की कोशिश की जाए। मुझे तो सभी की समझ में आने वाली आवाज पसंद है। बादलों की गड़गड़ाहट, बिजली की चमक यदि पावस ऋतु के आगवन की सूचना दे रहें हैं तो भ्रम किस बात का? क्यों मौसम विभाग की जंग खाई मशीनों की झूठी बातों पर यकीन करें।

ईश्वर की बनाई समूची कायनात काव्यमय है। नदी की जलधाराओं में शब्द है, ध्वनि है, संगीत है, तरह-तरह के छंदों से सज्जित अनगिनत कविताएं हैं। वहीं किनारों के पास अनगिनत किस्से, कहानियाँ, उपन्यास हैं, जो गद्य काव्य के हिस्से कहे गए हैं।

आज तक मैं लीक से हटकर चला हूँ। पाँव भी आदी हो गए हैं। तारकोल, कंक्रीट की चिकनी सड़क की पीठ पर कार या बाइक दौड़ाना मुझे कभी रास नहीं आया। मैं तो टेढ़ी-मेढ़ी पगडंडियों का पथिक हूँ, यही पंथ मुझे अच्छा लगता है। मैं उन भूले-बिसरे चरित्रों पर कलम चलाकर हर्ष महसूस कर रहा हूँ, जिन्हें जिक्र के काबिल नहीं समझा जाता है। मैं किसी महान व्यक्ति का जिक्र नहीं करूँगा। यह मेरा विषय नहीं है। मैं धर्म, दर्शन, की महान पुस्तकों का जिक्र भी नहीं करूँगा, क्योंकि इनकी शब्दावली मेरे समझ में नहीं आती, वर्णित किस्से कहानी असत्य और लफ्फाजी के सिवा कुछ नहीं लगते। मैं सिर्फ और सिर्फ उनका जिक्र करूँगा जो जिस जगह, जिस हालत में पैदा हुए, ठीक उसी जगह पर उसी हालत पर मर गए। इन्होंने कभी स्कूल का मुँह नहीं देखा लेकिन इन्हें पता था, किसी को मन, वचन और कर्म से तकलीफ नहीं देनी चाहिए। जरूरत पड़ने पर हर किसी के काम आना चाहिए, झूठ नहीं बोलना चाहिए। महिलाओं का आदर करना चाहिए। है ऐसी समझ, आजकल से उच्चशिक्षित या स्वनामधन्य महानता का चोला ओढ़े हुए लोगों में? पाठक कुछ कहें, मैं कुछ नहीं कहूँगा।

मेरी समझ में ये लोग महामानव थे। ये दीगर बात है कि ये कभी कश्मीर नहीं गए, कन्याकुमारी नहीं गए, दिल्ली का लाल किला नहीं देखे, सफदरजंग रोड में उनके पैर कभी नहीं चले लेकिन जमीन के जिस हिस्से में वे रहे, अपने मन, वचन-कर्म से पवित्र बनाये रखे। यह भी एक तरह से धरती माता की सेवा है। मैं इसी जगह से प्रसंग लेकर पाठकों से बात-चीत करूँगा, उन शब्दों का स्वागत-सत्कार करते हुए, जिन्हें रस-छंद-अलंकार के पण्डित गंवार-जाहिलों की भाषा से चिन्हित करते हैं। मेरे संस्मरण भी इन्हीं के बीच के हैं। मैंने इन्हें देखा, सुना और समझा है। मेरे पास और गेल्हा के पास रूस, जापान यात्रा के संस्मरण नहीं हैं। यदि ऐसा होता तो शायद बड़ी बात होती, पाठक भी प्रभावित हो सकते थे, 'अरे यह तो पहुँचा हुआ फकीर है, इसने दुनिया देखी है।' मैं साफ बता दूँ यह फकीर कहीं दूर गया ही नहीं है, मिट्टी के गाँव के इर्दगिर्द चक्कर मार कर इस मुकाम तक पहुँचा है।

और अब कहीं जाने का इरादा भी नहीं है।

उपयोगी प्रसंगों को जुटाने का काम 'गेल्हा' ने किया है। जिसकी उदार मदद के लिए मेरे पास शब्द नहीं हैं। अपनी सूखी हड्डियों को सहेजे गेल्हा आज भी अपने अस्तित्व की लड़ाई लड़ रहा है। ये कौन है? ऐसा नाम प्रथम बार आप सुनेंगे। पुस्तक के भीतरी पृष्ठ में उसने स्वयं अपना परिचय दिया है। मैं सिर्फ इतना कहूँगा, यदि मैं जीवित हूँ, मेरे सहपाठी जीवित हैं, या होंगे तो यह 'गेल्हा' की कृपा है। हम 'गेल्हा' से कभी उऋण नहीं हो पाएंगे। परम विद्वान, चिंतक, महा पण्डित, त्रिकालदर्शी गेल्हा, उपन्यास भी है, संस्मरण भी है, कई किरदारों की संक्षिप्त जीवनी भी है, उनके प्रति मेरी विनम्र श्रद्धांजलि भी है जो दुनिया के रंगमंच में अपना खेल दिखाकर जा चुके हैं।

काम बहुत मुश्किल रहा, क्योंकि 'गेल्हा' कोई जीवित या मृत मनुष्य चरित्र नहीं है। ऐसे किरदार पर कलम चलाना बहुत मुश्किल काम होता है।

मेरा पहला उपन्यास 'जूजू' भी इसी तरह का उपन्यास है। अन्तः प्रेरणा से प्रमुख पात्र पटवारी की आत्मा में जूजू का निवास बनाया गया। वह अपने सुविचारों और परोपकारी गुणों के बदौलत मौजूद न होते हुये भी पुस्तक को अपने नाम करा लिया। मेरी फिक्र कहती है, ईमानदार कोशिश की जाए तो हर काम आसान हो जाता है। पन्नों की लिपि अब समझ में आने लगी है। इसलिए मजबूत इरादों के साथ सफर पर निकल पड़ा हूँ।

कार्य जिसको जो मिला है पूर्ण ही करना पड़ेगा।

आँधियाँ चलती रहेंगी, दीप को जलना पड़ेगा।

रास्ते में हमसफर मिले, हमजुबां मिले, आप सबने हौसला अफजाई की, कार्य आसान हो गया। मैं लेख करता हूँ इस पुस्तक का हर प्रसंग वास्तविकता के बहुत करीब है। सुचारुता के लिए कुछ कल्पनाओं और पठनीय पुस्तकों का सहारा लिया हूँ, किन्तु उतना ही, जितना पहले स्कूटर के इंजिन को चिकना रखने के लिए टू-टी ऑइल का भाग होता था, या

यूँ कहा जाए दाल-सब्जी में नमक का अंश। मैं कोटिशः धन्यवाद उन सहयात्रियों का करता हूँ जो साथ-साथ चले। समय-समय पर उचित मशविरे भी दिए। हृदय की गहराइयों से धन्यवाद, प्रखर गूँज पब्लिकेशन की समूची टीम का, जो समय से मुखर टाइटल कवर, गुणबत्ता पूर्ण कागज और प्रिंटिंग के साथ पुस्तक तैयार कर दुनिया भर के पाठकों के बीच में फैलाव करते हैं। हिंदुस्तानी मूल के विदेशों में बसने वाले, हिंदी और हिंदुस्तान से मुहब्बत करने वाले सहृदय पाठक जब मेरे उपन्यासों पर अपने विचार रखते हैं। तब मुझे बहुत प्रसन्नता होती है। आपकी मुहब्बतों के लिए बेहद शुक्रिया, अभिनन्दन।

रामानुज अनुज

अनुक्रमणिका

1) विषय प्रवेश — 23

2) मैं और बंटी — 32

3) मैं और पीपल का पेड़ — 43

4) डायरी का पहला, दूसरा, तीसरा पन्ना — 51

5) डायरी का चौथा पन्ना — 61

6) डायरी का पाँचवां पन्ना — 71

10) डायरी का छठा पन्ना — 79

11) डायरी का सातवाँ पन्ना — 88

12) डायरी का आठवाँ पन्ना — 97

13) डायरी का नौवाँ पन्ना — 108

14) डायरी का दसवाँ पन्ना — 118

15) डायरी का ग्यारहवाँ पन्ना — 127

16) गेल्हा की सीख — 136

17) अनन्त की यात्रा में गेल्हा — 147

18) उपसंहार — 158

विषय-प्रवेश

मेरी समझ में शाम, दिवस के अवसान का ऐलान है, शीघ्र घर पहुँचने का फरमान है। खयालों में डूबे रहने वालों के लिए यह आकाश में रहने वाली परी हो सकती है, क्षितिज से धरती पर शाम को उतरते हुए देखना इन्हें अच्छा लगता होगा। इन्हें भी अब घर जाने को कहा जाए, ये भटके हुये लोग हैं जो घर की परी का निरादर कर आसमान में परी तलाशने निकले हैं।

उजाले अपनी यादों के हमारे साथ रहने दो,

न जाने किस गली में जिंदगी की शाम हो जाए।

बशीर बद्र साहब बहुत दूर की बात करते हैं, जिसे मानने में किसी को कोई गुरेज नहीं होना चाहिए। उनका भी संदेश कमोबेश यही है, दिन भर की भाग दौड़ से जो भी उजाले मिले हैं, उन्हें सहेजे रखिए, क्या पता कल मुलाकात होती भी है, या नहीं। मुलाकात न होने की स्थिति में ये जग हित में काम आएंगे– 'जहाँ रहेगा, वहीं रोशनी लुटायेगा, किसी चिराग का खुद का मकां नहीं होता।'

वे बड़े तकदीर वाले हैं, जिन्हें सुबह के दीदार होते हैं। बहुतेरे सोए और लम्बी नींद में चले गए। सुबह भेंटने पर हमारा प्रथम कर्तव्य बनता है कि जगत नियंता का धन्यवाद करें। दिन का नया संकल्प लें, जो पीछे छूट गया है, उसे पूरा करने की कोशिश करें। जगत को चलाने वाली महाशक्ति कदम-दर-कदम साथ है, इसलिए निर्भय होकर जो ड्यूटी अपने हिस्से में मिली है, उसे पूर्ण करने की ईमानदार कोशिश होनी चाहिए। कार्य की पूर्णता ही प्रकाश है, अपूर्णता अंधकार है।

जीवन अल्प हैं, कार्य अनेक हैं। बहुत ज्ञान है, बहुत पुस्तकें हैं। बहुत वाक्य हैं, बहुत शब्द हैं, कितना सुन-समझ पाएंगे, कितना किसके हिस्से में आएगा?

शायद बहुत छोटा-सा भाग या उससे भी कम या कुछ भी नहीं। जो यह कहते फिरते हैं कि मुझे सब कुछ समझ में आ गया है, मैं निपुण हो गया हूँ अमुक कार्य में मुझे विशेष योग्यता हासिल हो गई है। वे झूठे हैं, स्वयं के साथ दुनिया को वे धोखा दे रहे होते हैं। पूर्णता किसी को किसी भी क्षेत्र में कभी भी हासिल नहीं हो सकती है। कल को आपसे से भी बड़े हुनरमंद आएगें और आगे उनसे भी बड़े। इस सत्य को समझ लेने और स्वीकारने में ही चित्त की शांति है।

यहाँ किसी को निराश होने की जरूरत नहीं, किसी का अल्प प्रयास भी कम नहीं माना जायेगा। फर्ज कीजिए बीच रास्ते पर एक बड़ा पत्थर पड़ा है जो आवागवन को रोक रखा है। बहुत-से लोगों ने रास्ते में पड़े पत्थर को हटाने का प्रयास किया होगा। भले ही वह पत्थर किसी अन्य के प्रयास से मार्ग छोड़ा हो, किंतु मानसिक रूप से उसे कमजोर तो सभी ने किया है, तभी वह हटा है। आज दुनिया उसी को महत्व देगी, उसी के नाम की घर-घर चर्चा होगी जिसके अंतिम बल से पत्थर रास्ता से हटा है, किन्तु उनका भी प्रयास कमतर नहीं, जो पत्थर को रास्ता से हिला नहीं सके। आखिरकार पत्थर को परेशान करने में सभी का योगदान बराबर का रहा है। हटी किराएदार से मकान खाली कराने का प्रयास मकान मालिक के साथ मच्छरों का भी होता है। श्रेय मकान मालिक ले जाता है, किंतु मच्छर समुदाय हताश होकर स्वभाव नहीं बदलता, किसी से फरियाद नहीं करता। वह सिद्ध योगी की तरह अपना कार्य जारी रखता है। यहाँ पर हमें मच्छर से सीख लेने की आवश्यकता है।

मैंने देखा है, बहुत करीब से देखा है, जिंदगी के अंतिम पड़ाव में नेता-अभिनेता, मंत्री-संत्री, मूर्ख-ज्ञानी, सब एक समान व्यवहार करते हैं। याददाश्त क्षीण हो जाती है। मान-अपमान का विशेष ध्यान नहीं रहता है। पल में नाराज हो जाएंगे, पल में प्रसन्न भी, तब पूर्व की मिली उपलब्धि, तमगे, पद-ईनाम किस काम के हुए? उनकी प्राप्ति का हर्ष कैसा? और अप्राप्ति पर विषाद कैसा? दुनिया के रंगमंच में आपने डायरेक्टर के निर्देशन में अपना रोल निभा दिया। आपने अलग से कुछ नहीं किया है, आपने उतना ही किया है, जितना कहा गया था।

आजकल स्पष्टवादिता के नाम पर नकारात्मक साहित्य लिखा जा रहा है, जैसे सामाजिक बुराइयों की सिर्फ इन्हें जानकारी और फिक्र है और किसी को नहीं। मेरा ख्याल है, पाठक वर्ग लेखक से कम नहीं जानता है। कहने-सुनने से कोई फायदा नहीं, समस्या का समाधान यदि है तो प्रस्तुत करिए ताकि सही विंदु पर उसे दूर करने की कोशिश चले। शासन-सत्ता को कोसने-गरियाने से कोई हल नहीं निकलने वाला। प्रथम सोचिए, आप जितने दायरे में चलते-फिरते हैं, वह भी देश का हिस्सा है, वहाँ भी भारत माता का निवास है, वहाँ पर आपने कुछ अच्छा किया है? श्रृंगार साहित्य की अल्प चर्चा बिना बात में पूर्णता नहीं आएगी। श्रृंगारिक रचनाओं में भी लय-ताल से संगीतमय सकारात्मक संदेश मिलता रहा है। जिसे क्षीण होता हुआ देख रहा हूँ। कुछ तो सामाजिक मर्यादाओं को चोट देकर लिख रहे हैं तो कुछ प्रिय वियोग में दुनिया भुला बैठे हैं। मुझे इनके जिंदा होने पर भी संदेह है।

बात बहुत बड़ी है, चर्चा सभी की फिर कभी। अब मैं सहृदय पाठकों, गुणीजनों, गुरुजनों, माँ-बाप, देश की मिट्टी, दरख्त, दरिया, खेत, तालाब, तृण, गोचर-अगोचर वस्तुओं का तथा सम्पूर्ण कायनात में हुकूमत करने वाले परम शक्तिमान महेश्वर को दंडवत प्रणाम करते हुए विषय प्रवेश करता हूँ। हे सूर्यदेव, चंद्रदेव, वरुण देव, पवनदेव, कुल देवता, ग्राम्य देवता आप सभी का समादर आह्वान है, गेल्हा की हर बात की गवाही बनिए, उसकी बात कालांतर तक सत्य बनी रहे।

वर्ष 1995 की बात है, एक अद्भुत शाम का जिक्र लेकर हाजिर हुआ हूँ। गहरी शाम थी, आसमान में बादल थे, इसलिए शाम श्यामली अधिक थी, अँधेरा धरती पर उतर आया था, फिर भी ज्यादा नहीं, कच्चे रास्ते चमक रहे थे, मैं साइकिल दौड़ाते हुए गाँव वाले घर के लिए बढ़ा चला जा रहा था। उन दिनों पिता जी की तबियत ठीक नहीं चल रही थी। जैसे ही मैं अपने गाँव के तालाब के नजदीक पहुँचा। पिछला पहिया पंचर हो गया, सू-सूं करके उसकी हवा निकल गई। नीचे उतर कर पहिया को छूकर देखा, हवा बिल्कुल नहीं थी। तब क्या करता, साइकिल

घसीटते हुए चलने की सोच रहा था कि अचानक से एक भयावह और गरजदार आवाज कानों में पड़ी– 'ठहर जाओ।'

मैं ठहर गया, आवाज की दिशा में टोह लेने लगा। दूर-दूर तक यदि कुछ रहा होगा, वह अँधियारे की चादर तले लुका-छिपा रहा होगा। भय से मेरी घिग्घी बंध गई। घिग्घी कैसे बंधती है? क्या प्रभाव डालती है, यह बता नहीं सकता। मेरी हालत का अनुमान वे सहज ही लगा लेंगे, जिनकी घिग्घी बंधी होगी। जिंदगी में घिग्घी बंधने के बहुत अवसर आते हैं, सभी को दो-चार होना पड़ता है। बहरहाल मेरा रोम-रोम कांपने लगा, तभी वही रौबीली आवाज फिर सुनाई दी– 'तुम भी वही हो जो बरसते हुये पानी में महुआ के पेड़ के नीचे खड़े हुए थे?'

'हाँ-हाँ।' जानबूझकर मैंने हाँ कहा, ताकि जान बची रही।

मैं बहुत डर गया था, साइकल छोड़कर घर की दिशा में दौड़ना चाह रहा था। कदम उठाने की कोशिश की लेकिन सफल नहीं हुआ, पैर जैसे धरती से चिपक गये हों। वही गरजदार आवाज फिर सुनाई दी– 'याद करो, सन् 1970 का वह साल, 15 अगस्त का वह मनहूस दिन, तुम लोग हाथ में लड्डू लिए हुए घर की तरफ भागे जा रहे थे, तभी तेज हवाएं चलने लगीं, रिम-झिम बरसात शुरू हो गई।'

'हाँ-हाँ मुझे सब याद है।' मैं जल्दी से बोल गया। जबकि सत्य यह था कि भय के मारे मुझे कुछ याद नहीं आ रहा था। गनीमत रही उसने मेरा नाम नहीं पूछा, मैं शायद न बता पाता।

मैंने अनुमान लगाया, आज मेरा पाला बहुत बड़े प्रेत से पड़ा है। अब मेरी जिंदगी इसी के हाथ में है। हनुमान चालीसा का पाठ करने की सोची, किन्तु एक भी चौपाई याद नहीं आई।

'तुम लोग भीगने से बचने के लिए महुआ के पेड़ तले खड़े हुए थे। तभी एक यादव अपनी बकरियों को पेड़ के नीचे लाया था। उन बकरियों ने सींग मार-मार कर तुम लोगों को पेड़ के नीचे से खदेड़ दिया था।'

'सुन रहे हो न?' मेरे चुप रहने पर उसने चेतावनी दे दी।

'जी-जी ध्यानपूर्वक आपको सुन रहा हूँ।' मैंने कहा।

'गुड।'

उसे गुड कहते हुए सुनकर मुझे यकीन हो गया कि प्रेत पढ़ा-लिखा है और पढ़े-लिखे लोग गला दबाकर किसी की जान नहीं लेते, बल्कि कुछ ऐसा काम सौंप देते हैं कि वह खुद फाँसी में लटक जाए। मुझे राहत मिली, कुछ भय कम हुआ।

'तुम लोग कुछ फासले तक ही भाग पाए होंगे कि पेड़ पर गाज गिरी थी।'

मुझे सब याद आ गया बीस की तादाद में हम थे। सौ गज तक गये होंगे कि महुवा का पेड़ तेज आवाज के साथ धराधाई हो गया था। मुझे अधिक याद नहीं है, मैं बेहोश हो गया था, हाथ से लड्डू छूटकर वहीं गिर गए होंगे। घर में जब सुधि लौटी तब लड्डुओं के लिए बहुत रोया था। बहुत बड़ा हादसा गुजरा था। बकरियाँ सब तो नहीं किन्तु कुछ मर गयी थीं। यादव की जिन्दगी बच गई थी। कुछ दिन अस्पताल में रहने के बाद वह घर आ गया था। मैंने आवाज की दिशा में सर झुकाकर प्रणाम बोला।

'खुश रहो, मुंशी रामदुलारे के लड़के हो न?'

'हाँ।'

मुझे तज्जुब हुआ कि यह मुझे और मेरे पिता जी को जानता है। मगर कैसे? क्या यह मेरे गाँव का है? कई सवाल जेहेन में आने-जाने लगे। नहीं-नहीं मेरे गाँव में ऐसी आवाज का आदमी पैदा ही नहीं हुआ था। हो भी नहीं सकता, आधा पेट भरकर जिंदगी की साँसें गिनने वाली कौन सी औरत शेर की तरह दहाड़ने वाली संतान पैदा करेगी?

'सुन रहे हो न।'

'हाँ, मैं आपको सुन रहा हूँ मगर आप हैं कौन? मुझसे क्या चाहते हैं?'

'जल्दबाजी गेल्हा को पसंद नहीं। सब बताता हूँ सब्र करो।'

मेरी लघुशंका, निचले और खतरनाक स्तर पर थी।

किसी भी पल कुछ भी हो सकता था। मैं गिड़गिड़ाकर बोला–
'गेल्हा जी, मुझे जाने दीजिए, मेरे पेट में गड़बड़ी लग रही है।'

बस आखिरी बात सुन लो फिर जाओ। उसकी आवाज
इस बार बहुत मुलायम लगी।

'जी कहिये।'

'साइकल वहीं खड़ी कर दाएं घूमो, फिर गिनकर दस
कदम आगे बढ़ो। एक पत्थर के नीचे कुछ पन्ने दबाकर रखे
हुए हैं, उन्हें उठा लाओ।'

मरता क्या न करता मैं पन्ने उठा लाया।

फिर से आवाज आई– 'गिनो।'

मैं गिनकर बताया के ग्यारह पन्ने हैं।

'गुड।'

'लेकिन इसमें क्या लिखा है?' मैंने पूछा।

'मेरे डायरी के अहम पन्नें है। मैंने लिखा है, इन पन्नों
के विषय में तुम्हें दुनिया को बताना होगा।'

'मैं कैसे बताऊँगा?' डरकर मैंने पूछा।

वह खाँसा तो लगा, कोई पेड़ भरभराकर गिरा हो, ऐसी
आवाज सुनाई दी। डर से मैं पुनः कांपने लगा। पीछे मुड़कर
देखने की कोशिश की, इस उम्मीद से की शायद कोई और इस
गली से गुजरे परन्तु किसी के आने की कोई आहट दूर-दूर
नहीं मिली। अँधेरा और बढ़ गया था। गाँव की कच्ची गली कम
समझ में आने लगी थी। उसकी साफ आवाज मुझे सुनाई दी।

'इन ग्यारह पन्नों पर मेरा इतिहास है, आस-पास के
जल-वायु का इतिहास है। इस संसार से जा चुके अच्छे-बुरे
लोगों की जीवनी है। सब मेरे हाथ का लिखा हुआ है। और कई
पन्ने थे जो गुम गये हैं। यही ग्यारह पन्ने बचे हैं, बहुत भरोसे
के साथ तुम्हें ये पन्नें सौंप रहा हूँ। अभी कोई जल्दी नहीं है।
बैंक की नौकरी मन लगाकर ईमानदारी से करो। तुम्हारे भीतर
एक लेखक है, जो बाहर निकलने को छटपटा रहा है। मैं जानता

हूँ, तुम्हारे सामने अभी घर-समाज का दायित्व है। कुछ ही वर्षों की बात है, जब नौकरी से अवकाश मिलेगा तब भीतर बैठा हुआ लेखक बाहर निकलकर आएगा। वह सब समझ जाएगा। तुम्हें अभी कुछ नहीं करना है, सिर्फ पन्ने सम्हालकर रखना है। समझ रहे हो न?'

'जी, यह काम कोई और भी तो कर सकता है?'

'नहीं कर सकता, सिर्फ तुम कर सकते हो।'

'आप खुद तो कर सकते हैं?' मैं हिम्मत बटोरकर बोला।

'नहीं कर सकता, क्योंकि मैं मनुष्य नहीं हूँ।'

'आप प्रेत हैं?' मैंने एक और गैर जरूरी प्रश्न कर दिया।

वह गुस्सा नहीं हुआ बल्कि अट्टहास कर बोला, वही गरजदार आवाज, 'हा-हा-हा बचपना नहीं गया तुम्हारा, लो सुनो, हमारी विरादरी में प्रेतयोनि नहीं होती, डायरेक्ट मोक्ष मिलता है।'

'आप कौन हैं?' अपना परिचय तो दीजिए।

'अभी नहीं, उचित समय आने पर तुम मुझे देख सकोगे।'

'मैं जाऊं?'

'जाओ, तुम्हारा कल्याण हो, यशस्वी भवः।'

मुझे अब भय नहीं लग रहा था। घर की दिशा में साइकल धकेलते हुए चल पड़ा। आगे नहर थी, पुल था। पुल उतरते ही गाँव की बस्ती शुरू हो जाती थी। चलते हुए मुझे आभाष हुआ कि साइकिल के पहिये में हवा भर गई है। हाथ से टायर दबाकर देखा, टनाटन हवा। यह भी किसी चमत्कार से कम नहीं था। मैं कूदकर साइकिल में सवार हुआ और पैरों का जोर पैडल में बढ़ा दिया।

दस मिनट और साइकल चलानी पड़ी, घर पहुँच गया। उस समय गाँव के सभी घरों की दीवालें मिट्टी की बनी थी। खपरैल वाले घर थे। या यूँ मान लिया जाए कि पूरा गाँव मिट्टी

का बना था। पूरा गाँव अंधकार में डूबा हुआ था। घर के भीतर कुप्पी या लालटेन जलाई गई होगी, जिसका प्रकाश बाहर तक नहीं पहुँचता था। गाँवों में बिजली पहुँचाई जा चुकी थी। सरकार के रजिस्टर में रीवा जिला, शत-प्रतिशत विद्युतीकृत जिला हो गया था। परन्तु यहाँ टेढ़ी कमर किये खम्बे हैं, झूलते हुये तार हैं। सिर्फ बल्ब नहीं जलते। बहुत सम्भव है ट्रान्सफॉर्मर जल गया हो। जलना-बुझना यहाँ पर आम बात है। दो-चार घरों में बिजली विभाग के रिकॉर्ड अनुसार नियमतः कनेक्शन है किन्तु बिजली पूरे गाँव को चाहिए, अतः शाम होते ही कटिया फाँसकर बिजली की आपूर्ति घर-घर को होती है। कटिया फाँसने में चूक के कारण आपस में तार छूकर फ्यूज उड़ा देते हैं। गाँव के हर घर में बिजली के इंजीनियर हैं। वे आकर फ्यूज बाँधते हैं, कभी-कभी उनकी चूक की वजह से ट्रांसफारमर जल जाता है। फिर शुरू होता है, एक-दूसरे पर दोषारोपण, बात आगे बढ़ी तो मारपीट या कचहरी में खत्म होती है।

पिता जी बाहर द्वार के पास बने चबूतरे पर बैठे थे। अँधेरे में भी साइकिल की आहट सुनकर वे मुझे पहचान गये। वे जोर से बोले ताकि भीतर तक आवाज जाए 'लालमनी आ गया।' मुझे इसी नाम से वे बुलाते थे। मेरे घर पहुँचने की उनकी यह घोषणा नहीं सुनी गई। सुनता भी कौन? माँ तो थीं नहीं उनकी मृत्यु दो साल पहले हो गई थी। माँ बिना कैसा घर? घर की जीवात्मा निकल गई थी, केवल बचा था, मिट्टी का खोखा। मिट्टी के खोखे से सुनने की उम्मीद कैसी?

'कैसी तबियत है?' पैर छूकर उनके पास ही मैं बैठ गया।

'ठीक है।' वे धीरे से बोले।

मैं समझ गया, इनके लिये अब ठीक और बे-ठीक के बीच का अंतर समाप्त हो चुका है। इन्हें सम्मान और प्रेम की जरूरत है। जो उनकी तकदीर में अब नहीं है। मैं कई बार उनसे कहा कि आप रीवा में हमारे साथ चलकर रहें लेकिन वे कभी राजी नहीं हुए। कभी आ भी जाते थे तो दो-चार दिन से अधिक ठहरना उन्हें मुश्किल जाता था। शहर के इस घर को कभी घर की मान्यता नहीं दिए। दो-चार दिन बा-मुश्किल बीतने

पर उन्हें गाँव वाले घर में छोड़ना पड़ता। उनकी रगों और यादों में ग्राम्य जीवन था, खेत थे खलिहान थे, गाँव के सीधे-सरल इंसान थे, उनके साथ बिताए हुए पल थे।

मेरी समझ यदि दुरुस्त है तो माँ की मृत्यु के बाद से पिता जी में बहुत बदलाव आया था। यह बदलाव उन्होंने कुछ खुद किया था, कुछ हालातों ने कर किया था। शास्त्रीय संगीत और उर्दू शायरी में रुचि रखने वाले, ढोलक पर तबले के बोल निकालने वाले, बात-बात में नाराजगी जाहिर करने वाले, अंग्रेजी में धाराप्रवाह बात करने वाले, खान-पान के शौकीन मेरे पिता मुंशी रामदुलारे की सारी रुचियाँ समाप्त हो गईं थी। वे बहुत कम बोलने लगे थे, केवल जरूरत पर वे बघेली में बोलते थे। उस समय उन्हें समझ सकने की योग्यता मेरे पास नहीं थी। आदमी के मिजाज को पढ़ने की तरकीब अब हासिल कर पाया हूँ किन्तु यह मेरी योग्यता नहीं है। यह किताबों के अध्ययन का प्रतिफल है, जो अब मिला है।

मैं यह बताने में अब सक्षम हूँ कि यह उनके अवसान के संकेत थे। काश! इन संकेतों को उस समय समझ पाता। यह कोई नई खोज नहीं है, यह नियमबद्ध है, अवसान के पूर्व जड़ चेतन, ग्रह-नक्षत्र सभी संकेत देते हैं। सूर्य डूबने से पहले संकेत देते हैं, दिन-रात अपने जाने से पहले स्पष्ट संकेत देते हैं। यह उनके अवसान का समय था, जो जाहिर कर चुके थे। भूल अपने तरफ से हुई, कोई उनको समझ नहीं पाया।

माँ की मृत्यु के तीन साल तीन महीना पश्चात 25 मार्च 1995 को पिता जी फानी दुनिया को अलविदा कह दिए।

*****

मैं और बंटी

'सन्नई' यह नाम है किसी छोटी-सी नदी का, किन्तु किसी अन्य के लिए।

मेरे लिए गंगा जैसी पवित्र, पावन विशाल हृदय की विशाल ममतामयी नदी है। बिना इसे पार किये हुए स्कूल नहीं जा सकता था, शहर नहीं जा सकता था। मेरे गाँव की भौगोलिक संरचना कुछ ऐसी थी, (अब नहीं है) तीन तरफ से नदी और उत्तर-पूर्व में वन्य जीवों और कुदरत के लगाए लताओं, झाड़ियों और बड़े पेड़ों से आच्छादित कैमूर पर्वत श्रेणी। बरसात के दिनों में वन में फूले पारिजात की खुशबू गाँव तक आती थी। वही पारिजात जो स्वर्ग लोक का वृक्ष है, हमारे गाँव के नजदीक के जंगल में बहुतायत में था। मन दुखी हो जाता है, आज न वन है, न वन्य जीव हैं, न स्वर्ग लोक का निवासी पारिजात।

भला कहाँ से वर आएगा इस बाला के योग्य यहाँ।

पारिजात की प्राप्ति अवनि में मृत्युलोक में प्राप्ति कहाँ।

इन दो पंक्तियों में पारिजात का महत्व मुझे समझ में आ गया है। मैं अधिक व्याख्या करने में असमर्थता जाहिर करता हूँ। विषयांतर हो जाएगा, किसी अनजान बच्चे की तरह गली भटक जाऊँगा।

जल को प्रवाहमान कहा गया है, गतिशील कहा गया है, किन्तु यह तभी सत्य होगा जब गतिशीलता के लिए आगे का पथ बाधित न हो। विगत अनेक वर्ष से ग्रीष्म की प्रचंड धूप के कारण बड़ी-बड़ी नदियों तक की जल धाराएं सूख जाती हैं। ऐसे में जल की गतिशीलता का कथ्य झूठ साबित होता है।

सन्नई तो छोटी नहीं थी बेचारी, बहुधा उसे लोग नाला कह देते थे। यह नाम उसे पसंद नहीं था, वह गुस्सा जाहिर करती थी। उसका गुस्सा देखना हो तो बरसात के महीने में उसे तैरकर पार करने की कोई कोशिश कर देखे। उठाकर वह पटकनी लगाती थी कि नानी याद आ जाती थी। इतना गुस्सा दिखाने के बाद भी माँ- हृदयी सलिला हल्की चोट देकर किनारे

ला पटकती थी, ठीक उस माँ की तरह जो बच्चे की शैतानी पर मात्र कान उमेठकर छोड़ देती है। मुझे याद है उसने कभी भी किसी की जान नहीं ली। सन् 1970 में जब सोन नदी में बांध बना तब उससे मुख्य कैनाल निकाली गई, जो उत्तर प्रदेश को पानी ले जाती है। इसके निर्माण में नदी के शरीर को अनेक हिस्से में विभक्त कर दिया गया। कितनी तकलीफ गुजरी होगी, यह किसी ने कभी नहीं सोचा। जो नदी कैमूर पहाड़ के पठार पर बने बड़े बांध से चलकर गहिरा, मड़वा, किटहा, पतेरी, धोबखरा, सहिजना, डिहिया समेत अन्य गाँवों की जमीन को छूती हुई लगभग बीस किलोमीटर की यात्रा पूरी कर रीवा में बिछिया नदी का हिस्सा बनती थी, जो अब समाप्त प्राय है। यदा-कदा उसके कुछ अंग यंत्र-तंत्र देखने को मिल जाते हैं। बड़ी जीवट की परोपकारी नदी थी, आज भी जितने भी हिस्से में उसके भग्नावशेष हैं, समीप की भूमि को सींचकर हरीतिमा बनाये हुए है।

कल मैं अपने गाँव वाले घर के लिए रास्ता बदलकर गया, ताकि कोई कानूनगो मुझे लॉक डाउन तोड़ने के जुर्म में पकड़ न ले। मुझे यह देखकर बहुत-बहुत प्रसन्नता हुई कि गाँव बदल गए हैं। जहाँ ढर्रे थे, वहाँ अब कंक्रीट की सड़क है। मिट्टी के कच्चे मकान की जगह पक्की छत वाले मकान हैं। यह तरक्की तो अच्छी लगी, किंतु आदमी भी पक्के कंक्रीट के हो जाएंगे, यह कभी सोचा नहीं था। गाँव की माटी अब भी वही है, आजमाना हो तो एक मिट्टी का ढेला उठाकर नाक के पास ले जाइए, वही सुगंध, जरा-सी तब्दीली नहीं। आगे बढ़ा तो नदी का छोटा हिस्सा दिख गया, उसके दोनों पाट में हरीतिमा विखेरती सब्जियों की लताएं, झाड़ी नुमा पेड़ दो पल ठहरने के लिए मुझे मजबूर कर दिए। बाइक रोककर जल तक गया चुल्लू में जल लेकर दो घूंट पिया और सिर ऊपर छिड़कने के बाद चेहरे पर मल लिया। यह देखकर सब्जियों की हिफाजत में लगा एक अधेड़ वय का आदमी मेरे नजदीक आया, जिसे मैं नहीं जानता था, लट्टमार बोली में मुझसे पूछा- 'तरकारी देखन आये हो?'

मैं कुछ नहीं बोला, उस आदमी को देखने लगा, सर और चेहरे पर अधपके बाल, बड़ी सी नाक और लाल रंग की आँखें गुस्सा खाई हुई, उसे क्रूर स्वभाव का बता रही थीं।

'लै जाओ, आधे दाम लगा देगें। ससुरा लोक डाउन का लगाय दिहिस मोदी, आज हफ्ता भरे से रीमा नहीं गय सब्जी। मोदी हम गरीबन के पेट मा निछंगा लात चलाइस है।'

'ऐसा मत कहो, कोरोना के चेन तोड़य के निता इहय उपाय है। मोदी जी मजबूरी में जनता के हित के लिए ही ऐसा कर रहे हैं।' मैंने कहा।

'मजबूरी- हा हा हा, अच्छा जुमला आप शहरी लोग फेंकत हो, अरे हम गँवई के लोग आहेन दिन भर माटी मा लोटन, सेर भर पसीना बहाएन, ऊपर ते एक भेली गुड़ चपक के सेर पर पानी पी लीन, हमार शरीर पथरा के बना है, हमार करूनमा के बाप तक कुच्छ न उखाड़ पाई।'

वह चलकर मेरे नजदीक आ गया था, इतना कि हम एक दूसरे को छू सकते थे, एक दूसरे की देह-गन्ध को सूँघकर महसूस कर सकते थे। मुझे अचानक ख्याल आया, तीन फीट की दूरी से संवाद करना चाहिए। मैं पाँच फिट पीछे हो गया। वह वहीं पर खड़ा रहा, फिर उसने पूछा- 'इते कहाँ जाएंगे?'

मैंने उसे अपना परिचय और आने का उद्देश्य बताया, सुनकर वह चौंक उठा और फुर्ती से आगे बढ़कर मेरे पाँव छू लिया। मैं हड़बड़ाकर पीछे हटा और उससे कहा- 'तुमने यह क्या किया?'

'जो मुझे ठीक लाग।'

अब चौंकने के मेरी बारी थी- उसका परिचय सुनकर। यही नियति है, यही मूल्य-परक तथ्य है जिसे झुठलाया नहीं जा सकता है। 'समस्त क्रियाएं सभी प्राणियों में एक साथ या अलग-अलग महसूस होती हैं।' यही उसके जिंदा होने का साक्ष्य भी है। उसके बाबा कभी मेरे खेत बंटाई में लिए थे, वह भी अपनी माँ के साथ जाया करता था। मुझे सब याद आ गया, मैं तेज आवाज में बोला- 'बंटी, तुम?'

'हाँ, चाचा, हम तोहार बंटी।'

इतिहास के पेज फड़फड़ाने लगे, ऐसे पेज जिन्हें वक्त ने स्वयं अपने हाथों से लिखा है, विशेष सियाही से लिखा है, चमकदार अक्षरों को दूर से पढ़ा और समझा जा सकता है। खेद का विषय है कि कोई उस इतिहास के पन्नों को पढ़ना नहीं चाहता है, सहेजकर रखना नहीं चाहता है जो स्वयं का उसका है। अपनी आदत में उस इतिहास को जानने समझने की है, जो पराया है, झूठा है। उसे पढ़कर किसी को कुछ हासिल नहीं होने वाला है। अकबर के बाप का नाम अगर किसी को याद है तो अच्छी बात है, किंतु स्वयं के बाप-पुरखों के नाम भी याद रखना चाहिए।

बंटी ने उन रिश्तों को जीवित रखा था। मुझे अचानक लगा बंटी बहुत बड़ा हो गया है, उसका सिर आसमान से टकराने लगा है। मैं ऊपर देखने लगा।

अपने प्रति चाचा का सम्बोधन सुनकर मैं कल्पना लोक से उतरकर पुनः यथार्थ के धरातल पर आकर खड़ा हो गया, जहाँ पाँव नीचे ठोस धरती थी, जहाँ पर मैं और बंटी तनकर खड़े थे और साक्ष्य में सन्नई नदी का पानीदार कटा हुआ हिस्सा मौजूद था। यह नदी कितनी पीड़ा झेली होगी जब इसे टुकड़ों में बांटा गया होगा। बहुत रोई चिल्लाई होगी, लेकिन, किसे फुर्सत थी जो प्रकृति का रुदन सुने। हम मनुष्य हैं, हमारे पास शब्द हैं, स्वर हैं, गीत है संगीत है, एक मस्तिष्क है जो सही-गलत का विश्लेषण करता है, स्मृतियों को अपनी कोठरी में बहुत दिनों तक जमा रखता है। नेचर के पास भी वह सब कुछ है, जो हमारे पास है। कभी इस सत्य को जाँचना-परखना हो तो शाम ढले किसी नदी के तीर में बैठकर उसे देखने-सुनने और समझने की कोशिश करें। जल आपसे संवाद करेगा, किनारे आपसे हँसी ठिठोली करेंगें। यदि नदी का सामीप्य नहीं तो कोई बात नहीं, किसी पेड़ के करीब जाइये, उसकी पत्तियों को कोमल स्पर्श देकर पूछें- 'कैसे हो मित्र?'

वह बोलेगा, अपनी बात कहेगा और आपकी बात सुनेगा।

जो यह कहकर रात-दिन रोते-रहते हैं, मेरा कोई नहीं,

दुनिया में अकेला हूँ। उनके लिए मेरा संदेश, मित्र आप ऐसा क्यो फील कर रहे हैं? आप स्वयं से सवाल कर मुझे बताएँ, आप किसके हुए हैं? किसी के नहीं हुए न, कोई बात नहीं। बड़ा कुटुंब जोड़ने की जरूरत नहीं है, सम्पूर्ण धरती को अपना कुटुंब मानना सबसे बड़ा झूठ है। इस झूठ को भी स्वीकारने की कतई जरूरत नहीं है। आप खुद से मिलो, खुद को अपना दोस्त बना लो, हँसो-मुस्कुराओ और दिल की सभी बातें करो। बस जरूरत है एक आदमकद दर्पण की।

जनाब सीमाब अकबराबादी की सलाहियत बहुत काम की है- 'जब दिल में छा रही हों घटाएं मलाल की, उस वक्त अपने दिल की तरफ मुस्कुरा के देख।'

लेकिन जानता हूँ, अब किसी में इतनी गहराई तक स्वयं को ले जाने की कूबत नहीं बची है। यह लेखक का पागलपन है, जो ऐसा कह रहा है। जब जनसमुदाय के मस्तिष्क की संवेदनाएं मर गयी हों, आँखों में सौंदर्य के मेघ तिरने बंद हो गये हों, कानों में सिर्फ शोर और सन्नाटे घर किये हों, तब मेरी बात असत्य लगेगी ही। आज का आदमी निपट स्वार्थी हो गया है, उसे सिर्फ और सिर्फ अपना रूप-सौंदर्य और वाणी प्रिय है, अपना गीत-संगीत और बाजा प्रिय है। ऐसे व्यक्ति से नियति-प्रकृति की बात नहीं करना चाहिए, यह ठहरा हुआ आदमी है, मरा हुआ आदमी है। यदि यह कहा जाए कि यह चलती-फिरती लाश है तो ज्यादा प्रासंगिक होगा। गाँव का अनपढ़-गंवार बंटी मुझे बहुत बड़ा दिखाई देने लगा था, मेरे हाथ अनायास ही उसके आगे जुड़ गए।

'आइसा नहीं चाचू, आप हमरे माई-बाप हो मेरे आगे हाथ मत जोड़ो, हमारे पुरखे बंटी पर गुस्सा करेंगे, चाचू।'

मैं कुछ बोल नहीं सका, ओंठों में कंपन जरूर हुआ, किन्तु बोल बाहर नहीं फूटे। वह मुझे ले जाकर खटिया में बैठा दिया था, जो आम के पेड़ के नीचे बिछी थी। यह जगह ऊँची थी। यहाँ से नदी और उसका पानी, सिंचाई पम्प और किनारे में विस्तारित लौकी, तुरई, खीरा के लतानुमा हरे-भरे पेड़ साफ दिखाई दे रहे थे। मैं खटिया पर बैठा हुआ स्वयं को अब बड़ा

महसूसने लगा था, खटिया के नीचे घुटने तक पैंट पहने, उकड़ूँ बैठा हुआ बंटी लघु। यह अस्थाई था, बंटी की आवाज कानों में पड़ी- 'और सुनाओ चाचू, तुम तो पढ़-लिखकर साहब क्या बन गए, गाँव-घर की गली भूल गये।'

बंटी के कथन के पीछे छिपे प्रेम को मैंने महसूस किया किन्तु निरुत्तर था। यह गाँव के मिट्टी की अदालत थी, जहाँ मेरे पास कोई उत्तर नहीं था, मैं सिर झुकाए हुए खटिया पर उस गुनहगार की तरह बैठा था, जिसे अपने बचाव में कुछ नहीं कहना रहा हो और बंटी किसी मजे हुये वकील की तरह मुझ पर आरोप लगाए जा रहा हो। मुझे सजा मिलनी चाहिए, मैं इस मिट्टी का अपराधी हूँ, इस नदी का अपराधी हूँ, इस बंटी का अपराधी हूँ। क्यों नहीं, उस बड़ी मशीन के आगे लेटकर विरोध किया था, जब उसका जिस्म खीरा-ककड़ी की तरह काटा जा रहा था। बंटी के बोल फिर कानों में सुनाई पड़े- 'आज तो रुकोगे न?'

'नहीं, शाम को लौटना है।'

'आप घर केर पता कगजा में लिख दो, जब रीमा औबे तब आपके घर औबे।'

मैंने डायरी का एक पेज फाड़ा, अपने घर का पता और फोन नम्बर लिखकर उसे दे दिया।

'कितने बच्चे हैं तुम्हारे?'

मेरे सवाल पर बंटी जोर से हँसा, अग्रिम पंक्ति-आसीन पीत वर्णी सख्त दाँतों ने मुख से बाहर झाँककर हँसने की क्रिया पर मुहर ठोंककर दस्तखत बना दिए, बंटी की हँसी सत्यापित हो गई। मुझे ताज्जुब हुआ, मैंने पूछा- 'इसमें हँसने वाली बात क्या है?'

'चाचू, संतान होबे निता एक अऊरत केर मदद चाही न।'

'तुमरा बिआह नहीं भा? मैंने पूछा।

'हुआ, पै बो खुशी कमय दिन साथ रही, मोखे दुनिया मा अकेल्ला छोड़के भगमान के घर चली गए। अब मोर जिनगी

ठाकुर दादू के सेवा में कटत है। ई जमीन, पानी-पम्प सब उन्हीं के आय। भगमान से बिनती अब जेही है, मोखे हाथ से कोनव गलती न होय, बस्स। काहे जब बदरी से ऊपर भेंट हो, तब आँख मिलाबे मा मोखे लाज न आबे।'

'बदरी? कौन बदरी।'

'आपकी सोर्गीय बहू, बदरी। हाँ बदरी त रही, चार दिना मोरे साथ गरज-लपक के आपन जलबा देखाय के दऊ मा बिलाय गई।'

'ओह!'

इस छोटे से वाक्य में मेरे हृदय की पीड़ा बाहर निकली, यह क्षणिक थी, समयानुकूल थी और अधिक कह भी क्या सकता था? बंटी अब पालथी मार कर तम्बाकू मलने लगा। क्षणिक मौन का वातावरण रहा। प्रयत्क्ष रूप से बंटी हथेली में तम्बाकू की खुराक किसी वैद्य की तरह तैयार करने में मशगूल था और मैं उसे देख रहा था, यह अधूरा सच था। अंदर ही अंदर बहुत कुछ मुखर था।

'चाचू! एक काम कर दोगे का?' तम्बाकू की अल्प मात्रा जीभ के नीचे दबाकर बंटी ने कहा।

'बताओ, जरूर करूँगा।'

'बदरिया के नाम एक चिट्ठी लिख दो।'

'वह जीवित नहीं है, ऐसा तुमने बताया मुझे। उसे चिट्ठी कैसे मिलेगी?'

'ठीक है, न लिखो, मोखे पता रहा, कोनव मोर इत्ता सा काम न करिहीं। दादू ठाकुर ऐसनय टाल देते हैं। मैं पढ़ा-लिखा नहीं हूँ न, इसलिए-।'

वह बहुत उदास लग रहा था, जैसे वह अब रोने ही वाला हो। मुझे उसके भोलेपन पर तरस आ गया।

'ठीक है, खुश हो जाओ। मैं लिखूँगा, बहुत अच्छी लिखूँगा।'

वह खड़ा हो गया और मुझे घूरते हुए बोला- 'चाचू!

बड़े दिल के मनई हो, वो सब बातें लिखना जो औरत-मरद, परेमी-परेमिका के बीच कही जाबे है। पै सच्ची लिखना चाचू, लफ्फाजी नै चलेगी।'

'बिल्कुल सच्ची लिखूँगा। तुम बदरी से बहुत प्यार करते थे।'

वह मेरी बात सुनकर किसी बच्चे की तरह आँखें मटकाते हुए बोला– 'पहले भी अउर अबहूँ पियार करत हूँ।'

'हाँ यादों में बहुत चेहरे बने रहते हैं।' मैंने कहा।

'चाचू! उआ पियार झूठ आय जौन साथ-साथ सोबे-परे के होत है। सच्ची पियार ऊ आय जौन साथ-साथ जागे मा होत है। रात मा बदरी अकास में जगत है, हम धरती मा जगत हैं।'

मैं बंटी के प्यार की थाह नहीं पा रहा था। उस तरफ से ध्यान हटाकर मैंने भरोसा दिया, 'मैं लिखकर रखूँगा, तुम घर से ले जाना।

'वो बात भी लिखबे, चाचू।'

'कौन-सी?'

'बोही, जो कहत न बने, लिखत न बने।'

'कैसी बातें करते हो, यह संभव नहीं।'

'कइसे सम्भव नै, फिर काहे को साहब, काहे को अफसर?'

मैं उसे टालना चाहता था, इसलिये चिट्ठी में सभी बातें लिखना मंजूर कर लिया। अब आँखों ने विस्तार ले लिया था। मुझे एक पक्का मकान नजर आ गया, मस्तिष्क को सूचना गई, तदनु प्रश्न तैयार हुआ, उँगली पर संकेत आये– 'वह मकान किसका है?'

'ऊ बखरी? शहर के कोनो सेठ का फारम है, पण्डित काका से जमीन लैके फारम अउर पक्का घर बनाइस है।'

'कौन गाँव है?'

'धोक्खरी।'

'चाचू सब बिसर गये हो।' वह पुनः हँसा था।

मैं सचमुच बहुत भूल गया हूँ। इन चालीस साल में याद रखने का काम कम हुआ है, भूलने का अधिक हुआ है। इसमें मेरा कोई दोष नहीं है, यह समय का काम है, वह पुरानी इबारत को मिटाकर नई लिखता चलता है। इसे ही तरक्की कहा गया है। मुझे आपत्ति है, मैं सवाल करूँगा- 'पुराना जितना भर हो उसे भूलकर नये को स्वीकार कर लेना ही क्या तरक्की है? यदि है, तो नहीं चाहिए मुझे ऐसी तरक्की।

मेरी आवाज बाहर निकल आई थी, गनीमत रही की बंटी ने सुना तो, किन्तु समझा कुछ और। वह बोला- 'एक गाँव मे तीन से लेकर चार तक चक्की हैं। पिसान केर अलग, धान-चाउर के अलग। तेल पेराई के अलग, पै उआ सुआद अब नाहीं चाचू।'

मुझे उसकी समझ पर जोर से हँसी आई, मुझे याद है, मैं पिछले हफ्ते हँसा था, जब जोर से आंधी आई थी। सड़क पार फेंका गया कूड़ा करकट उड़कर दूर कहीं चला गया था और दूर का कूड़ा-करकट उड़कर हमारे मुहल्ले में। इस अदला-बदली पर हँसी आई थी, आँधी की करतूत पर हँसी आई थी। अब तरक्की से पैदा हुई चक्की पर हँसी आई थी। यह बहुत कीमती हँसी थी, हा हा, ही, ही, हो हो में बदल गए। मुझे हँसता पाकर बंटी भी हँस पड़ा, उसकी नगाड़े जैसी हँसी के आगे मेरी ही-ही दब गई। मैं सोचने लगा- 'यदि हिन्दुस्तान के सभी गाँव एक साथ दम मारकर जोर से हँस दें, तो पैदा हुई सकारात्मक ऊर्जा से समस्त तरह के व्याधियों के कीटाणु स्वमेव मर जायेंगे, पूरा मुल्क स्वस्थ्य और साफ-सुथरा हो जाएगा।'

सामूहिक हँसी का सपना देखना नासमझी है। गाँव में सौ में से नब्बे घर पक्के बन गये हैं। इसमें रहने वाले लोग भी पत्थर-जिगर हो गए हैं। ये दुनिया की खुशहाली के लिए क्यों हँसेंगे, इसमें इनका लाभ क्या?

बहुत करीब से बंटी की बाँह छूकर मैंने चलने का संकेत दिया। बंटी दौड़कर बाड़े में घुसा, खीरा, करेला और धनिया पत्ती मोटरसाइकिल की डिग्गी में ठूँस-ठूँसकर भर दिया। जेब से सेनेटाइजर निकाल कर हाथ में तीन-चार बार मैंने स्प्रे

किया और नाक और मुँह में मास्क चढ़ा लिया। बंटी मुझे गौर से देख रहा था, उसने पूछा- 'सिसिया मा का लये हो चाचू।'

'ई अतर आय कन्नौज केर बना।'

मैंने उसके हाथ में भी स्प्रे मार दिया। वह हाथ को सूंघा फिर हँसने लगा।

मैं बाइक का इंजिन चालू कर बंटी से बिदा माँगकर चल पड़ा, यहाँ से अपना गाँव साफ नजर आने लगा था। आधा फर्लांग का सफर तय करने के बाद वह स्कूल नजर आने लगी जिससे मुझे शिक्षा मिली, सुसंस्कार मिले, लम्बी फेहरिस्त है। क्या-क्या गिनाऊँ- बहुत दिया, दिल खोल कर दिया, जितना उम्मीद नहीं थी या मुझमें पाने की योग्यता नहीं थी उससे कहीं अधिक दिया। सड़क किनारे बाइक को स्टैंड में खड़ा कर स्कूल का साइन बोर्ड पढ़ने लगा- 'शासकीय पूर्व माध्यमिक विद्यालय धोवखरी।'

सब कुछ बदला हुआ, जिधर पहले स्कूल का खपरैल से छाया हुआ भवन था, वह अब नहीं है, स्कूल के कमरे अलग बने हैं। मै उस जमीन को पहचान गया जहाँ पर बैठकर गिनती-पहाड़ा याद किया था। यह जगह सामान्य धरातल से कुछ उठी हुई थी। मैं इस जगह में आकर खड़ा हो गया। पाँव पड़ते ही सब याद आ गया कहाँ बरामदा था, कहाँ कमरे थे और कहाँ पर प्रधानाचार्य का कमरा था, जिसे ऑफिस कहते थे। कहाँ और किस जगह पानी की टंकी रखी रहती थी और बरामदे में किस जगह घण्टी बंधी होती थी, जो अपनी खास ध्वनि से पीरियड लगने से लेकर छुट्टी होने तक का संकेत देती थी। मैं घुटने के बल बैठ गया, सिर अनायास झुक गया, आँखों से कुछ खारे जल की बूंदे भूमि पर पड़ीं। आँखों के सामने अँधेरा छा गया। क्षण बीते ही गुरुजनों के चित्र उभरने लगे, उन सहपाटियों के चित्र मानस-पटल पर उभरने लगे जो कक्षा में साथ बैठकर पढ़ते थे।

वे सब जाने कहाँ होंगे? किस दुनिया में होंगे, किन हालात में होंगे, नहीं जानता। अब मैं नवीन भवन की तरफ आ गया। हर कमरों में ताले बन्द थे। मैंने दिमाग पर जोर मारा,

कोरोना के भूत के चलते गत वर्ष से शिक्षण कार्य हवाई तरंगों के माध्यम से किया जा रहा है। मैं अब अब स्कूल से पीछे के हिस्से में आ गया दीवाल पर लिखे एक वाक्य को पढ़कर मन दुखी हुआ। अंदर से प्रश्न उठा--'क्या यह लिखकर बताने की बात हुई कि यहाँ मूत्रोत्सर्ग न करें।'

मन प्रसन्न था उस भूमि के दर्शन मात्र से जिसे मैं हमेशा यादों में बसाए रखा। मैं पुनः बाइक की तरफ बढ़ चला था। कुछ कदम चल कर रुक जाना पड़ा, स्कूल के बाजू में शंकर जी के मन्दिर को देखकर। यह उस समय भी था, आज भी है। अब यह नए कलेवर में हैं। परिक्रमा बना दी गई है। मन्दिर में गुम्बज है, जिस पर हनुमान जी के चित्र वाला पताका हवा में लहराता है।

*****

42/ गेल्हा

मैं और पीपल का पेड़

मन्दिर के कुछ फासले पर लगाया गया पीपल का पेड़ अब बड़ा हो गया है। मुझे अच्छी तरह याद है, कौशल पण्डित जी यहाँ पर पीपल का नन्हा पौधा कहीं से लाकर लगाए थे। छै फुट लंबे पण्डित जी घुटने के नीचे तक चड्डी पहने हुये बिना नागा किये हुए अपने घर से बाल्टी में पानी भरकर लाते थे। प्रथम वे शंकर जी को नहलाते फिर एक लोटा जल से सूर्य देव को नहलाते, अंत में बचा हुआ पानी पीपल के वृक्ष में उड़ेल देते थे। यह उस समय हम लोग देख पाते थे, जब अप्रैल महीने में और दो महीने की छुट्टी के बाद जुलाई में स्कूल सुबह सात बजे से खुलते थे। यह उनकी दिनचर्या थी, वे आते, शंकर को मलमलकर नहलाते, सूर्य देव को जल देते फिर शंकर जी को धूप-चंदन लगाते, अगरबत्ती सुलगाते, कपूर जलाकर आरती उतारते हुये वे नाचते हुए जोर-जोर से शिव तांडव स्तोत्र का वाचन करते।

शिव तांडव स्तोत्र वाचन समय उनकी मुख मुद्रा डरावनी हो जाती थी। अंदर कोठरी में धँसी आँखें बाहर निकलकर रक्ताभ हो जातीं, हाँ यही शिव तांडव स्त्रोत है, अब समझ में आ रहा है।

जटाटवीगलज्जल प्रवाहपावितस्थले

गलेऽवलम्ब्य लम्बितां भुजंगतुंगमालिकाम्।

डमड्डुमड्डुमड्डुमनिनादवड्डुमर्वयं

चकार चंडतांडवं तनोतु नःशिवः शिवम्।।

उनकी पूजा से हम बच्चे लोग डर जाते थे तथा भागकर कक्षा में छिपकर बैठ जाते। आज यादों के शुक्ष्म शक्ल में कौशल पण्डित जी सामने उपस्थित हैं। उनकी सुचिता और कर्त्तव्य-परायणता को आज समझ सका हूँ। कभी-कभी सोचता हूँ, बुरे कर्म, बुरी आवाजें, बुरे संवाद तत्काल मुँह से निकलते ही वातावरण को अपने प्रभाव में ले लेते हैं, किन्तु सुविचार, सत्कर्म का प्रभाव विस्तारित होने में बहुत अधिक समय लगता

है, ऐसा क्यों? जो बात मुझे पचास साल पहले समझ में आ जानी चाहिए थी, वह आज समझ में आ रही है। बहरहाल यह विचारणीय तथ्य है, इस पर विचार होना चाहिए।

यह पेड़ अब बड़ा हो गया है, लम्बी-लम्बी शाखाएं अनगिनत पत्तों के साथ बड़े क्षेत्रफल में विस्तारित हैं। मैं पेड़ के पास आकर न चाहते हुये ठहर गया। शीतल हवाओं से मन प्रसन्न हो गया, एक नवीन ऊर्जा से तबियत भर गई, न चाहते हुए भी छाँव में बैठ गया। मुझे दोपहर गाँव वाले घर में बिताकर शाम को लौटना था, लिहाजा अब कहीं रुकने-ठहरने के लिए समय नहीं था। किन्तु अब क्या हो? जब हाथी बैठते-बैठते बैठ ही गया।

नजरों ने ऊपर की डालियों का मुआयना किया, कुछ सुनने का प्रयास हुआ, किन्तु कुछ नहीं? कोई आहट नहीं कोई हलचल नहीं। ऐसा मुमकिन भी नहीं? पत्तो की हरीतिमा बीच परिन्दे जरूर छिपे होंगे या उनके विश्राम का वक्त होगा। कहीं ऐसा तो नहीं, मुझ अजनवी को देखकर डर गये हों, चेहरे छुपा लिए हों, चुप्पी साध लिए हों। यह पीपल अब बड़ा पेड़ हो गया था। शाखाएँ बहुत थीं, उन पर पत्ते बहुत थे, गिनती करने लग जाएं तो गिनती खत्म हो जाएगी, पत्तों की संख्या में फर्क नहीं आएगा। मुझे याद आ रहा था, छठवीं कक्षा का वह पाठ, ताज्जुब है, कब पढ़ा था, वह आज भी याद है। पहले के शिक्षक देव पुरुष होते थे। रटा दिए थे कि पीपल का पेड़ कोई मामूली पेड़ नहीं होता। इस पेड़ पर 33 करोड़ देवता निवास करते हैं। जब सारा आलम आलस्य में डूबा रहता है, तब वे भोजन बनाते हैं। बहुत धुआँ उठता है। वह धुआँ कोई मामूली नहीं होता है, उस विशाल धुंए से प्राणवायु ऑक्सीजन निकलती है, जो जीवन के लिए बहुत जरूरी है।

हम लोग भी कम नहीं थे, पूछते- 'खाने में वे क्या बनाते होंगे?'

मास्साब जवाब देते- 'खीर, मालपुआ, रसमलाई, रबड़ी और सेवइयां।'

'इतना दूध कहाँ से उन्हें मिलता होगा?'

मास्साब हार मानने वालों से नहीं थे, वे बताते- 'हमारे बाप-दादा जो मर गए हैं, वे देवताओं की खिदमत में हैं। वे बस्ती-बस्ती घूम-फिरकर दूध और चीनी का इंतजाम करते हैं।'

'मतलब वो चोरी करते हैं?'

इस सवाल पर छड़ी उठकर उनके हाथ में आ जाती, वे जोर से डाँटते- चोप्प! पुरखों को चोर बोलता है। हम बच्चे एक बार फिर डर जाते थे। यह तबकी बात थी, जब नाक बहने पर कमीज की आस्तीन का उपयोग करते थे। रुमाल का आविष्कार हो गया था लेकिन उसकी सप्लाई केवल शहर तक थी। यह आकस्मिक जरूरत होती थी। ठंड के दिनों में मुझे बहुत जुकाम होता था। मेरी माता जी मेरी बहुत फिक्र करतीं और पुरानी साड़ी के दो-एक टुकड़े फाड़कर बस्ते में रख देतीं।

नाक बहने पर पोंछने का काम इन्हीं टुकड़ों से होता था। आज उस नारी की ममता मयी आँचल को लहराते हुए देखकर आलस्य देवता भी हल्ला बोल दिए। मैं पीपल के पेड़ तले उगी मखमली घास पर पड़ गया। यद्यपि मेरे पास सोने का समय नहीं था, किन्तु क्या करता। मैं धीरे-धीरे अचेत होने लगा। नासिका छिद्रों से ऑक्सीजन तन-मन में समाने लगी। अचेतावस्था के वावजूद भी मैं सोया नहीं।

एक लेखक की तौहीन होती न, अगर सो जाता। यह मुझे बर्दास्त नहीं हैं। मुझे मालुम है मुझे भी आम इंसानों की तरह मृत्यु लेने आएगी, परन्तु जाऊँगा नहीं। घर बदल लूँगा, देश और परिवेश बदल लूँगा, वह धोखा खा जाएगी और झुंझलाकर भाग जाएगी।

आज भी मुझे नींद को भगाने के लिए कुछ ऐसा की उपाय करना पड़ा, समय के पहिये को उल्टा घुमाकर स्वयं को चालीस साल पीछे ले गया। लोग सवाल करेंगे, यह कैसे सम्भव है? उत्तर है, ऐसा कर पाना सम्भव है, हर किसी के लिए सम्भव है। आप अपने अचेतन मन को अपनी इच्छा से घुमा-फिरा सकते हैं, किन्तु लड़-झगड़कर नहीं, मित्रतापूर्ण व्यवहार के साथ यह सम्भव है। आप जहाँ जाना चाहेंगे, वह

आपको वहाँ ले जाएगा। मेरी मित्रता उस अवचेतन मन से है, उसने मुझे वह दृष्टि दी है जो पचास साल पीछे जाकर स्मृतियों के परतों में छिपी आकृतियों को देख सकती है, उनसे मिल सकती है, बातें कर सकती है। वर्तमान तो सामने है। वह पचास वर्ष के भविष्य को भी देख सकती हैं। कोई यकीन नहीं करेगा मेरी बातों पर, उल्टे इल्जाम आएंगे- 'झूठा, घमंडी और भी न जाने क्या-क्या?' इसलिए यह जिक्र अभी नहीं।

यहाँ का मंजर और है। मेरी उम्र 10 साल हो गई है। कक्षा में बैठा हुआ पढ़ रहा हूँ। साथ बैठे हुये मित्रों के चित्र यद्यपि धुंधले हैं। लेकिन उनके नाम मेरी जुबान पर रटे हुए है। एक-एक को बुला सकता हूँ। एक चित्र उभरता है, सफेद धोती के साथ सफेद कुर्ता, कद कोई पाँच फीट, चेहरा दमकता हुआ, माथे पर रामनामी चंदन, तलवार कट मूछें। ये देवत्व को प्राप्त हुये पण्डित श्यामसुंदर मिश्र हैं। हिंदी, अंग्रेजी, गणित, संस्कृति के ज्ञाता- जितना भर था उनके पास, उसे बाँटने में कभी कोर-कसर नहीं रखे, किंतु जितना जिसके मुकद्दर में रहा उतना ही उसे मिला।

यहाँ बहुत तेजी से दृश्य बदल रहे हैं। आज सरस्वती माँ का पूजन है। माँ की बड़ी तस्वीर को साफ किया गया है, सब लड़के धुले कपड़े पहनकर आये हैं, लेकिन किसी के पाँव में जूते-चप्पल नहीं हैं। वैसे भी जूते सबके पास नहीं थे, जिनके पास थे भी, वे भी पहनकर नहीं आये थे। आते भी तो कैसे आते, आज विद्या की देवी का पूजन होना था।

मैं इस मामले में भाग्यशाली रहा हूँ, मेरे पास लाल कपड़े का एक जोड़ी जूता था। जिसे बड़े जतन से पहनता था। कहीं शादी-व्याह बारात में जाना हो तब पहनता था। बहुत बार स्कूल भी आया हूँ पहनकर। मुझे अचानक छींक आ गई, उस दिव्य चित्र तक पहुंचने से पहले, एक झटके के साथ स्मृति पटल पर उभरे चित्र अस्पष्ट होने लगे। मुझे जूतों पर बहुत जोर का गुस्सा आया 'ये जूते कमबख्त कहाँ से आ गए सरस्वती पूजन के समय, इसे ही कहते हैं, मौजूद न रहते हुए भी मौजूद रहना।

मैं जूतों को गरियाने लगा- 'तुम्हारा सत्यानाश हो,

तुम्हारी कभी शादी न हो, यूँ ही घिसट-पिसट कर बूढ़े होकर मर जाओ, जिंदगी में तुम्हें कभी जूती के दर्शन न हों।'

धीरे-धीरे चेतन लौट रहा था। बाहर की कुछ आवाजें सुनाई पड़ने लगी थीं। मुझे महसूस होना शुरू हो गया था कि एक विशाल पेड़ के नीचे लेटा हुआ हूँ। पेड़ पर अब परिन्दों की मौजूदगी का आभाष होने लगा था। वे अपनी बोली-भाषा में मेरे विषय में बातें कर रहे थे। आश्चर्य है मुझे घर के सदस्यों की बातें ठीक से समझ नहीं आती है किन्तु इन पखेरूओं की बोली को ठीक से समझ पा रहा था। कुछ संवाद लिपिबद्ध कर रहा हूँ। अनजान और कम आयु के पखेरू किसी सयाने से पूछ रहे थे।

'यह कौन है?'

'थका हुआ आदमी।'

'स्त्री है या पुरूष?'

'पता नहीं, पहनावे से तो पुरूष लगता है।'

'किस जाति का है?'

'पता नहीं?'

'जिंदा है?'

'हाँ, किन्तु इसकी आत्मा भूतकाल के भ्रमण में है।'

'यह हमें पकड़ने तो नहीं आया?'

'नहीं।'

'कोई फरेबी तो नहीं, जाल बिछाकर सोने का नाटक कर रहा हो?'

'नहीं-नहीं यह हमारे साथ फरेब नहीं करेगा। वह सयाना पक्षी बोला।'

'आपके यकीन का सबब दादा?'

'यह लेखक प्रजाति का है, अपने ही विरादरी के लोगों द्वारा सताया गया इंसान है। यह किसी के साथ धोखा,

छल-कपट नहीं कर सकता है।'

'यह शरीर से कमजोर लगता है।'

'हाँ, देखने से तो यही लगता है, किन्तु ऐसा है नहीं। कभी-कभी आँखें जो देखती हैं, कान जो सुनते हैं, वह सत्य नहीं होता है। इस आदमी का शरीर भले कमजोर है, अंतस्थल बहुत मजबूत है।'

'क्या यह इसी पेड़ के नीचे मर जायेगा?'

'नहीं- अब ऐसा नहीं होगा।'

'क्यों दादा?'

'पीपल देव की शरण में पड़ा है, वे इसे प्राणवायु प्रदान कर शक्तिशाली बना देंगे।'

'इसके मुँह पर बीट कर दें।'

'गंदी बात।'

'सुस्सू?'

'नो, नो, तुम लोग कभी तो अच्छी बातें सोचा करो।' उस पक्षी ने तेज स्वर में अबोध, अज्ञानी पखेरूओं को डाँट दिया।

पल भर के सन्नाटे के बाद पुनः उस वृद्ध पक्षी का धीर-गम्भीर स्वर गूंजा, 'सुनो, हम पक्षी समुदाय के हैं। मनुष्य ने जाने-अनजाने में हमारी जाति-विरादरी को मिटाने की कोशिश जरूर की है। परन्तु हम मनुष्य को कभी नुकसान पहुँचाने की नहीं सोच सकते। इस विशालकाय पीपल के पेड़ को देखो, कितने पक्षियों का यह घर है। जरा सोचो, यह पेड़ न होता तो हम कहाँ रहते? हमारी संतानें कहाँ जन्म लेतीं? उस आम के पेड़ को देखो, अमरूद, जामुन के पेड़ों पर नजर डालो, कितने परोपकारी हैं। बताते हुए दुख जाता है, मनुष्यों ने उन पर बहुत जुल्म किए, पत्थर हने, उनके हाथ-पाँव आरी-कुल्हाड़ी चलाकर काट डाले, किन्तु वे प्रतिफल में पहले फल दिए, फिर उनके घर की शोभा बढ़ाए, मेज-कुर्सी, फर्नीचर की शक्ल में।

'मुझसे यह नहीं होगा दादा, आप करते रहो परोपकार, मैं मुँह नोंच लूँगा, आँखें फोड़ दूँगा, जो भी हमें नुकसान पहुँचाने की कोशिश करेगा।' कोई नौजवान पक्षी गुस्से में आकर बोला था।

'नो, नो, यंग वर्ड, क्रोध मत करो, तुम्हारा गुस्सा जायज है, मानता हूँ किंतु अभी उस क्रोध को सम्हाल कर रखो। यह कभी काम आएगा। अभी नीचे पड़े उस लेखक पर भरोसा करो, वह तुम्हारी भावनाओं को जरूर आदर देगा, लिखेगा। हमारी आवाज दुनिया के कोने-कोने तक ले जाएगा।'

पेड़ में पुनः शांति छा गई थी। मुझे उस बूढ़े पक्षी को अंग्रेजी का 'नो' प्रयोग करते हुए सुनकर ताज्जुब हुआ। मुझे उसके दर्शन की तीव्र इच्छा हुई, किन्तु मैं विवश था। मुझे पक्षियों ने आज नए ज्ञान से परिचय कराया था। यहाँ आकर निद्रालीन न होता तो इस परम ज्ञान से वंचित रह जाता। कभी न जान पाता कि हमारी विरादरी पेड़-पौधों की कृपा पर जीवित है। मैं हाथ जोड़कर पक्षीराज का धन्यवाद करना चाहता था किन्तु हाथों में हरकत नहीं हुई।

मेरा अवचेतन मुझे फिर से पीछे खींच ले गया। चित्र नहीं दिखाई पड़ रहे थे, किन्तु कानों में संगीतमयी सुर लहरियाँ गूँज रही थीं। उन सुरों को पहचान कर मैं स्वयं चित्र बनाने लग गया। कटोरियों में रंग आ गए, तूलिकाएं आ गईं। अद्भुत सजीव चित्र बने थे। मैं किसी का नाम नहीं बताऊँगा, मुझे डर है, फिर से जूते आ गए तो। लेकिन यह अन्याय होगा उन चित्रों के साथ, उन बिंबों के साथ, उन प्रतीकों के साथ। मुझे नाम बताना ही होगा। नामों का खुलासा करूँ, प्रथम एक लघु वर्णन उस जादुई संगीत के विषय में बताना आवश्यक समझ रहा हूँ, किन्तु हर सम्भव प्रयास नाकामयाब होते दिख रहे हैं। मुझमें इतनी सामर्थ्य नहीं, योग्यता नहीं, जो उन स्वर लहरियों में घुले गीत-संगीत का वर्णन कर सकूँ। वह अमूर्त था, अप्रतिम था, पास में कागज कलम होता तो एक-एक शब्द लिख लेता। मुझे कभी हार मंजूर नहीं होती, यह स्वभाव का पराक्रम है, मेरा नहीं। अहसासात की जेब में कुछ अनमोल शब्दों को चुराकर रख लिया हूँ।

बज उठी कानों में मधुरिम सप्त सुर में रागिनी।

मेघ उतरे थे दृगों में गा उठी थी दामिनी।

यह कोई साधारण संगीत नहीं था, जीवन में अब दोबारा ऐसा ही कुछ सुनने का अवसर आएगा, या नहीं आएगा, वही जाने, माँ सरस्वती के गेह से निकले हुए बोलों का गुणगान संगीत की देवी ही कर सकती हैं। वह निमित्त चुनती हैं, लेखन, वादन और गायन के लिए, हम व्यर्थ में ही स्वयं को संयोजित कर अहंकार पाल लेते हैं। मधुर-मधुर, आसमान तक उठती, वातायन में टहलती स्वर लहरियों का एक लघु अंश सुन पा रहा हूँ, हारमोनियम पर लल्लू दादा, की उँगलियों का स्पर्श महसूस कर रहा हूँ। उँगलियों के साथ साज की ऐसी संलिप्तता और किसी में हो ही नहीं सकती। जब वह गाते थे तो सुनने वालों को भ्रम होता था कि, गीत के बोल उनके मुँह से निकल रहे हैं या हारमोनियम से। साज और आवाज की ऐसी दोस्ती दुर्लभ ही देखने को मिलती है।

अहा, संगीत के महासागर मध्य लहरों की तरह मचलता, बल खाता हुआ जादुई सुर यह किसका है, जो कानों के रास्ते उतर कर अंतस्थल को छू रहा है? स्वर साधना में लीन यह साधक कौन हो सकता है? जिसके गायन से पूरा वातावरण महमहा उठा है, पीपल के पत्ते ताल से नृत्य करने लगे हैं, हवाएँ आलाप भरने लगी हैं। आसमान में बदलियों के आमद से नीलवर्ण आकाश श्यामल हो गया है। यह और कोई नहीं नन्दलाल है, घनश्याम है, कन्हैया है। हजारों की भीड़ में अलग पहचान रखने वाला नन्दलाल। मेरा अनुमान गलत नहीं हो सकता। संगीत के महासागर में डूबने को उद्धत हुआ ही था कि किसी ने मेरे समूचे अस्तित्व को झकझोर कर रख दिया। मैं घबराया हुआ उठकर बैठ गया। मुझे आसपास का सम्पूर्ण क्षेत्र काला दिख रहा था। उठकर खड़े होने की कोशिश की, किन्तु असफल रहा। पास में यदि पानी होता, आँखों को धोकर इस मुश्किल से निजात पा सकता था।

*****

डायरी का पहला, दूसरा, तीसरा पन्ना

मुझे आँखों को मलकर इस मुश्किल से छूटने की तरकीब सूझी, मैं आँखें मलने लगा कामयाबी मिली, मुझे दिखाई देने लगा था और सुनाई भी देने लगा था- किन्तु आश्चर्य, शायद दुनिया का यह वह आश्चर्य है जो गणित की गिनती के पकड़ में नहीं आया है। मैं देख रहा हूँ पीपल का वह पेड़ सूख गया है, सूखी डालियों में पक्षियों के कंकाल यत्र-तत्र लटके पड़े हैं। मन्दिर का कहीं नामोनिशान नहीं, सोचता हूँ, भगवान भोलेनाथ घर उठाकर कहाँ चले गए? मन्दिर की जगह पर नुकीले काँटेदार, झाड़ी नुमा पेड़ उग आये हैं। और वह हमारा स्कूल तो बिल्कुल बदल गया है। खपरैल और खम्भेदार ओसारी से तरक्की लेकर पहले तो दाएं खिसका, फिर ईंट गारा और सीमेंट का मुलम्मा चढ़ाकर खुद को पक्का बना लिया और अब दो मंजिला हो गया, शायद इसी साल बना है। आश्चर्यजनक बात यह थी कि कोई छात्र हाथ में कापी-किताब लिए नहीं दिखाई दिया, न छात्रों का चरित्र गढ़ने वाले शिक्षक नजर आये। हर कमरों में ताले झूल रहे थे। जब स्कूल खोलना ही नहीं था तो इतनी ऊँची इमारत क्यों बनाई गई? किसने स्कूल बंद कराया है? पढ़ने वाले लड़के कहाँ चले गए? तरह-तरह के सवालों से दिमाग झुनझुना उठा था। कानों में सनसनाहट सोने लगी, जैसी कोई रेलगाड़ी समीप से होकर अभी-अभी गुजरी हो। जो कान कुछ देर पहले तक राग-रागिनी सुनकर आनन्दित हुए थे वे उस शोर के आगे फटे जा रहे थे। भय के आधीन हुआ मैं कान दबाकर जोर से चीख उठा किन्तु चीखना बेकार गया। मुँह से आवाज ही नहीं निकली। गर्दन पीछे घुमाकर देखा, इस जगह का दृश्य और भयावह, मिर्जापुर उत्तरप्रदेश से लेकर जबलपुर से और आगे तक फैला हुआ कैमूर पहाड़ जोर-जोर से मदद के लिए गुहार लगा रहा था- बचाओ-बचाओ।

हे भगवान, अब तुम ही दौड़ो, उसकी मदद को जाओ। देखो, कौन उसकी जान निकाल रहा है? कितना ज्यादा धूल और धुआँ उठ रहा है, जैसे वहाँ पर धुएँ के बादल तैयार

होने का कारखाना हो। मन निराश हुआ, शंकर जी तो मन्दिर उठाकर कहीं चले गए थे। कभी एक ठिकाना बनाया था, भरोसे और विश्वास के साथ, कुछ अच्छी सोच के लोगों ने मिलकर, ताकि विपत्तिकाल में फरियाद करने में सहूलियत जाए। अब अपनी आवाज उन तक कैसे जाए?

मौसम ने अचानक से रंग बदला, आसमान में बादल गरजने लगे, बिजलियाँ चमकने लगीं। मैं भाग जाना चाहता था, लेकिन उठकर खड़े होने में कामयाबी नहीं मिली। अब पानी बरसने लगा था। जल का रंग जैसा भी रहा हो किंतु धरती में पड़ते ही पानी लाल हो जाता था। मेरे भय ही हद आ गई, मेरे सामने फन फैलाये हुए एक विषधर मुझे घूरते हुए जीभ लपलपाये जा रहा था, जैसे वह मुझे डसने की पोजीशन में हो। मृत्यु को सामने देखकर गले से आवाज निकलनी बंद हो गई। किसी तरह से हाथ जोड़कर मैंने मूक निवेदन प्रस्तुत किया। तभी अज्ञात से एक भर्राई हुई आवाज कानों में सुनाई दी 'डरो नहीं, उसमें विष नहीं है।'

'कैसे मान लूँ।' मरी हुई आवाज मेरे मुँह से भी निकली।

'मत मानो, विष होगा तो उसके काट लेने से मृत्यु से अधिक क्या होगा?'

'अधिक देखने को कौन बचा है?' मैंने कहा।

'फिर भय कैसा? नागराज को गौर से देखो, वह तुम्हें काटने नहीं आये हैं। ये खुद मर रहे हैं, किसी को कैसे मार सकते हैं? तुम्हारे पास अपनी फरियाद दर्ज कराने आये हैं।'

फरियाद? ये कैसी विपत्ति है भगवान, सामने काल बैठा है, वह क्या फरियाद करेगा? मैं इस बार जोर से बोलने में कामयाब हो गया- 'ये कैसा बेहूदा मजाक है, तुम कौन हो?'
'तुम्हारा दोस्त गेल्हा।'

'मत कहो दोस्त, तुम मुझे मारना चाह रहे हो?' मैं पूरी ताकत से चीखा।

वह बड़ी विनम्र वाणी में बोला, 'मित्र जो तुम देख रहे हो वह पचास साल बाद की कल्पित झाँकी है। वह तुम्हें दिखाया हूँ। लेखक वही है जो तीनों काल खण्डों को समझ लेता है, अपनी पैनी निगाह से सब पढ़ लेता है। मैं तुम्हारा नुकसान किसी मूल्य पर नहीं होने दूँगा। माफी चाहता हूँ। आज आगे जाने का विचार छोड़ दो, लौटने में रात होगी। घर जाकर उन पन्नों को खोलकर देखना, उन्हें समझने का समय आ गया है एक बात और– बंटी की चिट्ठी जरूर लिखना।'

माहौल सामान्य हो गया था। पीपल का दरख्त भी था और मन्दिर भी। दाएं बाजू पर बन्द स्कूल भी। सब कुछ पहले जैसा, हाँ एक हैण्डपम्प भी दिखाई दिया, स्कूल की सीमा तय करता हुआ। कपड़ों में लगी धूल झाड़कर मैं खड़ा हो गया। पश्चिम दिशा में निगाह दौड़ाई, सूर्य डूबने में अभी आधे घण्टे का समय था। अकस्मात जेब में हाथ गया, मोबाइल दुरस्त पाकर तसल्ली हुई। मोटरसाइकिल यथास्थान खड़ी थी। नजदीक जाकर उसकी ताक-झाँक की, चाभी उसी में लगी छोड़कर करीब चार घण्टे तक दूसरी दुनिया के सैर में था। मुझे गाँव के पिछड़ेपन पर गुस्सा आया, 'तुम कभी नहीं तरक्की कर सकते हो। शहर होता तो, अब तक मोटरसाइकिल बहुत दूर तक चल गई होती, जेब खाली होता, पर्स होता न मोबाइल।' हैण्डपम्प में जाकर जमकर हाथ-मुँह धोया। एक अपरिचित नौजवान ने आकर पम्प चला दिया था। वह अभी बीस बसंत पार किया होगा। वह मुझे अच्छा लगा, किसी भले घर का प्रतीत हुआ। मैं उससे बात कर मन हल्का करना चाहता था।

मैंने पूछा, 'किस गाँव के हो?'

'इहय गाँव के, उसने घर तरफ इशारा किया।'

'क्या नाम है?'

'सुंदर।'

'क्या करते हो, मतलब– काम-धाम या पढ़ाई या कोई जॉब।'

वह हँसकर बोला– 'कुच्छ नहीं।'

'क्यों?'

'मन नहीं लगय।'

'खेती होती है घर में?'

'हाँ।'

'तो मन लगाकर खेती ही करो।' मैंने कहा।

'बताएन तो, मन नहीं लगय।'

'मन लगाओ भाई, कैसे काम चलेगा?'

उसने कोई जवाब नहीं दिया। मैंने उसे गौर से देखा वह मौजूद तो मेरे सामने था लेकिन दिमाक उसका और कहीं था। बातचीत जारी रखने के उद्देश्य से मैंने पूछा- 'शादी हो गई?' गाँवों में इस उम्र में अभी भी लड़का-लड़की की शादी कर दी जाती है। उसने शर्माते हुए कहा- 'हाँ।'

'बच्चे भी हैं?'

'होने वाला है।'

'मुझसे कुछ नहीं पूछोगे?'

'नहीं।'

'क्यों?'

'का मतलब हमीं।' पैरों के नाखून से जमीन कुरेदते हुये वह बोला।

'ठीक है, पिता जी का नाम बताओ।' जेब टटोलते हुए मैंने पूछा।

वह कुछ बोला नहीं और चल पड़ा। मैं आश्चर्य से उसे जाते हुए देखता रह गया। बाप का नाम ही तो पूछा था। मुझसे कोई भूल हुई? समझ में नहीं आ रहा था। मैं उससे और बातचीत करना चाहता था, वह पहले ही नाराज होकर चला गया। उसे मेरे बारे में जानने की कोई रुचि नहीं? कैसा इंसान है?

मुझे लगता है, पूरी नौजवान पीढ़ी अवसादग्रस्त हो गई है। इन्हें देश-दुनिया, से कोई मतलब नहीं है। ये शरीर की

जरूरत मुताबिक अपना काम कर लेते है, यही बहुत है। यह तो एक छोटा-सा उदाहरण है, हर घर में ऐसे राजकुमार मिल जाएंगे। इन्हें कोई चिंता नहीं है। सरकार इनकी चिंता कर रही है, इन्हें वोट के लिए जिंदा रखा जाएगा।

मैं बाइक के पास आ गया, साइड मिरर में चेहरा देखा, थकान की रेखाएं भाल पर भाग्य रेखाओं पर चढ़ आईं थी। आँखों में सूजन थी। स्वयं को कोसने लगा- 'सीधी सड़क होकर आता तो इन आपदाओं से बचाव हो जाता। सरकार इसीलिए सड़कें बनाती है, चलने के नियम-कायदे बनाती है। आज सरकारी नियम तोड़कर कहीं नहीं पहुँचा। घर नजरों के राडार में है, किन्तु जा नहीं सकता। लौटने में रात हो जायगी। रात्रि की यात्रा सुरक्षित नहीं है। शहर वाले घर में पत्नी और बच्चे हैं, बहुत फिक्र करेंगे। यह घर अब ईंट-पत्थरों का है, आदमी का निवास नहीं है। गाँव भी अब वह नहीं है जो कभी हुआ करता था, जिसकी अलग पहचान थी। परिवर्तन की आँधी में सब कुछ उड़ गया, शरीर को ढँकने वाले वस्त्र, वे मर्यादित लोग, जो सिर्फ अपनी नहीं पूरे गाँव की मर्यादा की रक्षा करते थे, सब हवा के साथ उड़कर न जाने कहाँ गए?'

यह सुकून की बात है, बंटी और ठाकुर दादू जैसे लोग अभी बचे हैं। ये जब तक जिएंगे गाँव की सभ्यता बची रहेगी। सोचते-विचारते हुए भारी मन से लौट पड़ा था उस घर की तरफ जहाँ मेरी फिक्र करने वाले रहते हैं।

रात में मुझे नींद नहीं आई। जब थकी हुई आँखें पलक गिराती, सामने कभी बंटी आ जाता, कभी दैत्यों की तरह अट्टहास करता हुआ काल्पनिक रूप-स्वरूप लिए हुए गेल्हा, तो कभी सरस्वती पूजन के समय गाया-बजाया सुना हुआ मधुर-मधुर संगीत। मुझे कल बंटी की स्वर्गीय पत्नी के नाम चिट्ठी लिखनी होगी। क्या लिखूँगा, उस चिट्ठी में? समझ नहीं आ रहा था। वैसे मुझे इस तरह के पत्र लिखने का थोड़ी-बहुत माद्दा था। बात पुरानी है, एक कहार जाति का आदमी जबलपुर में किसी फैक्ट्री में नौकरी करता था। उसकी पत्नी, बच्चों के साथ गाँव में रहती थी। पति की चिट्ठी जब आती थी तो वह मुझे

घर बुलाकर चिट्ठी बांचने को देती थी। वह भी किसी और से चिट्ठी लिखवाता था। उस समय मैं सातवीं में पढ़ता था, किसी के हाथ की लिखी हुई लिपि को पढ़ सकता था। आज गाँवों के स्कूलों की बहुत खराब स्थिति है, कक्षा आठ में पढ़ने वाले न तो शुद्ध लिख सकते हैं, न पढ़ सकते हैं। लिखावट ऐसी कि, 'खुद लिखा, खुदा बाँचा।'

एक बार की बात है, वह मुझसे पति को चिट्ठी लिखने को कही मेरी हिम्मत जवाब दे गई, लिखने से मना कर दिया। वह निराश नहीं हुई भीतर जाकर दो रुपये ले आई और मुझे देकर बोली- 'तुम बस लिखत जाबो, हम जोन-जोन बोलबे।'

'हओ।' मैं लिखने को राजी हो गया। वह बोलने लगी-

'सिद्ध सिरी उपमा जोग लिखा फलाने के घरवाली के तरफ से कुन्नू के पिता जी को चरन इसपर्स पहुँचे।'

वह आगे बोली- इहन कुशल सब भांति भलाई।

उहन कुशल राखंय रघुराई।

आगे वह, घर खेती के समाचार गाँव टोला के समाचार, गाँव भर के पशुओं के समाचार लिखवाती रही। बोलते-बोलते वह अचानक रुक गई।

मैंने पूछा- 'हो गई चिट्ठी?'

वह बोली- 'बहुत है अबे, तुम अपनी समझ से आगे लिख दो न।'

वह धीरे से उठी, दोनों हाथ ऊपर उठाकर जम्हाई और अँगड़ाई एक साथ मार दी। सिर पर ओढ़ा हुआ पल्लू सरककर जमीन छूने लगा। मैं कैसे समझ सकता था, उस आयु में साँसों की भाषा, हिलते-डुलते शरीर की बोली। उस समय कक्षा सात में पढ़ने वाले लड़के नालायक होते थे। मैं भी था। मैं अन्तर्देशीय पत्र जमीन पर रखकर लिखने के विषय में सोचने लगा।

तभी वह फिर बोली- 'लिख दो, रात बारिश रोज होती है।'

मैंने कहा- 'काकी, झूठ काहे लिखवाती हो, रात में तो शीत पड़ती है।'

वह फौरन बोली– 'वही, जबलपुरिया शीत को पानी कहत हैं।'

उसने यह भी कहा कि, 'तुम्हारे अकल तो है नहीं, पता नहीं स्कूल में का पढाबत हैं महट्टर?'

'काकी! चिट्ठी लिखना सातवीं के कोर्स में नहीं है, बड़ी कक्षाओं में है।' मैंने उत्तर दिया।

'ठीक है दो एक दोहा जोड़ दो।'

वह बोलती गई, मैं लिखता गया।

'जिस तरह चाँद सितारों में एक है।

उसी तरह मेरा महबूब हजारों में एक है।

प्लेट के ऊपर प्लेट-प्लेट में रखा अचार।

सबके लिए नमस्ते तुंहरी खातिर प्यार।

सियाही आँखिन से लैके चिट्ठी तुमी लिखेंन,

के तुम चिट्ठी पढ़ा अउर आँखें तुम्हीं देखंय।

डाल टूट जाने से पत्ती अलग नहीं होय।

दूर रहे से प्यार कम नहीं होय।

प्रेम तो ऐसा चाहिए जस लोटा औ डोर।

आपन गला फँसाय के पानी लाबे बोर।

'हां ता सुनाओ, का-का लिखे हो?'

मैंने पूरी चिट्ठी बांच सुनाई, वह संतुष्ट लगी।

वह गला साफकर पुनः बोली– 'एक जरुरी बात लिखन को रही जात, लिखो, पैसा बचाये रखिहीं। मोर गोड़ फेर से भारी है। जो भगमान कुछ नीक देई ता खर्चा के मौका बनी। चिंता न करिहीं हम ठीक हैं, बस्स।'

'बस्स क्या काकी?' मैंने पूछा।

'बस्स का मतबल बस्स, ऊ समझ लेंगे। जबलपुर में रहत दू साल होइगा।

'और गोड़ भारी है का मतलब?

वह प्यार से गाल में चपत लगाकर डाँट दी थी, 'हट्ट' किसी से कहना नहीं।'

अब काकी फुल संतुष्ट थी। उसके हिसाब से चिट्ठी लिख गयी थी। मैं शाबासी पाकर घर आ गया, मुट्ठी में दबोचा हुआ नोट नानी के हाथ में देकर पत्र का मजनून भी सुना दिया। नानी मुस्कुराई और हिदायत दी कि गोड़ भारी होने का जिक्र किसी से न करना। मैं मान भी गया और भूल भी गया। नानी ने बात प्रचारित कर दी। यह बता देना ठीक रहेगा कि मेरी माँ नानी की अकेली संतान थीं, इसलिये हम लोग ननिहाल के होकर रह गये। आज उस चिट्ठी पर लिखे हुये शेर मुझे याद हैं, सोचता हूँ अगर कहारन काकी को तरजीह मिलती तो बड़ी शायरा के नाम से जानी जाती। वह बड़ी से बड़ी बज्म में अदब के साथ बुलाई जाती, और तालियों के गड़गड़ाहट के बीच में कहती, एक शेर मुलाहिजा हो–

'बिना हसीनों के ही गुजर जिंदगी करना।

हसीनों की दोस्ती से अच्छा है खुदकुशी करना।'

मुझे मसाला मिल गया था। अब मैं बंटी की तरफ से उसकी स्वर्गीय पत्नी को चिट्ठी लिख सकता हूँ।

बड़ी देर तक जागता रहा था, लेकिन जागते हुए भी रात अखरी नहीं, बंटी की चिट्ठी का मसौदा तलाशने में आधी से अधिक रात चली गई। जिंदगी में सभी के साथ ऐसे अवसर आते हैं जब रात की नींद आँखों से बहुत दूर होती है। ऐसी परिस्थिति में परेशान होने की जरूरत नहीं है। मन के भटकाव को रोककर भूतकाल की सरजमीं पर विचरण करने चले जाएं। वह समय हमारा था, अपना ही जिया हुआ, देखा हुआ और भोगा हुआ। उसके तार आज भी वर्तमान से जुड़े हैं। उस तार को कभी काटें नहीं, हमेशा वर्तमान से जोड़कर रखें। याद रखें वर्तमान में जो कुछ हैं, भूतकाल के ही बदौलत हैं। वह गुजरा हुआ पल कभी आपका था। जैसा आपने उससे काम लिया, तदनुसार उसने प्रतिफल भी दिया, जो आज आँखों के सामने है।

'सुबह देर से नींद खुली। याद नहीं कब सो गया था। पत्नी तीन-चार बार बता चुकी थी, 'उठ जाइये, आठ बज गए हैं।' उठकर दीवाल घड़ी में समय देखा, अभी सात ही तो बजे थे। नाश्ते के बाद कम्प्यूटर खोलकर लिखने को बैठा। अचानक से याद आया, गेल्हा उन पन्नों को पढ़ने को कहा था। फाइल उठा लाया, पन्नों को बैंक के जरूरी दस्तावेजों की तरह पच्चीस साल तक सहेज रखा था। जिस क्रम में वे मिले थे, उसी क्रम में अब भी फाइल में लगे हुए हैं।

पहला पन्ना, यह तो कोरा है, लिखा कुछ नहीं है, जल्दी से मैं पूरे पन्नें पलट गया। सभी एक ही तरह के कोरे। गेल्हा ने मुझसे मजाक किया है। उससे मुलाकात से पहले मुझे भूत-प्रेत के अस्तित्व पर यकीन नहीं रहा था। गेल्हा मेरी नजर में कोई विद्वान प्रेत है। वह अपना कार्य अधूरा छोड़कर मर गया है। मुझे उसका कार्य हरहाल में पूरा करना चाहिए, यह सोचकर फाइल को सूर्य की रोशनी में ले आया। सूर्य का प्रकाश पड़ते ही वे पन्ने चमक उठे। उनमें लिखा कुछ नहीं था, आड़े-तिरछे रेखा-चित्र खींचे गए थे। मैं समझ गया, इन रेखाओं को ही शब्द देना होगा। तीन पन्ने पढ़ने का बोझ आ गया था। क्या करूँ अवसर नहीं मिला, अब तीन पन्ने एक साथ देखना पड़ेगा। मैंने अपनी सुविधा के लिए पेज नम्बर भी लिख दिया। अब रेखाचित्र जो कहते प्रतीत हुए हैं, उन्हीं को शब्दों में लिख रहा हूँ।

पहला पन्ना- मैंने अंदाज लगाया कि यह कोई तालाब का अनुरेख है। पानी से लबालब है। रंग-बिरंगे पंख के पक्षी जल क्रीड़ा कर रहे हैं। तालाब के मेड़ पर चौगिर्द में घनी अमराई है। हाथ में झोला लिए हुए लड़के-लड़कियां पक्षियों को निहारते हुये मेड़ पर से चल रहे हैं।

मैंने अनुमान लगाया इन लडकों की जमात मेरे काल खण्ड की है। जुलाई का महीना है। बारिश से तालाब भर गया है। नए शिक्षा-सत्र की शुरुआत करने लड़के स्कूल चल दिये हैं, यह देखकर तालाब प्रसन्न हो रहा है। दूसरे और तीसरे पृष्ठ में भी ऐसे ही अनुरेख थे। जल के घटते-बढ़ते स्तर से जाड़ा और गर्मी की ऋतु का आभाष जरूर मिलता है।

मैं जिस स्कूल में कक्षा आठवीं तक पढ़ा हूँ, उससे लगा हुआ एक तालाब है। उसका नाम भी गेल्हा है। मन में उलझन हुई, यदि गेल्हा तालाब है, तो यह बोल कैसे सकता है। नहीं-नहीं यह कोई प्रेत है, गेल्हा नाम का, शायद आगे के पन्नों से कुछ खुलासा हो या खुद सामने आकर अपना परिचय दे। फिलहाल मैं घर में या बाहर गेल्हा के विषय में किसी-से जिक्र नहीं किया हूँ।

जाने लोग क्या सोचें।

*****

डायरी का चौथा पन्ना

मैंने सोचा कि चौथा पन्ना पढ़ने के बाद इत्मीनान से बंटी की चिट्ठी लिखूँगा। चौथा पन्ना सामने था। सूरज की रोशनी में ले जाकर देखने लगा।

अनुरेख को देखते ही समझ में आ गया कि गेल्हा क्या कहना चाहता है।

अब मुझे उसे मान लेने में कोई गुरेज नहीं था। उसके बोलने को लेकर थोड़ा-बहुत भ्रम था, वह दूर हो गया। द्वापर-त्रेता युग में नदी, पहाड़, तालाब, पशु-पक्षी सभी बोलते थे। मनुष्यों की बोली में संवाद किया करते थे। बहुत से उदाहरण पौराणिक ग्रंथों में मिल जाएंगे।

जब हम छोटे थे तब शाम के वक्त नानी के पास बैठकर कहानियाँ सुनते थे। उसे तोता-मैना, राजा-रानी, और शेर-लोमड़ी के सैकड़ों किस्से कंटस्थ थे। नानी की कहानी में पेड़-पहाड़ नदी-तालाब सभी बोलते थे। नानी की तरह गाँव में कई कहानीकार थे, इनकी कहानियाँ शिक्षाप्रद, सकारात्मक और मनोवैज्ञानिक होती थी। ऐसी कहानियाँ व्यक्तित्व और चरित्र निर्माण में सहायक रही हैं। वे चाहे महाभारत, रामायण में वर्णित हों या पंचतंत्र, हितोपदेश में हों, हमेशा अनैतिकता से दूर रहने का संदेश दिया है। उन कहानियों का ही असर था कि हम मर्यादाओं के पक्षधर रहे। आजादी के बाद देश की सत्ता साम्यवाद के प्रभाव में क्या आई कि प्रगतिशीलता के नाम पर और खुद को बुद्धिमान घोषित कराने के फेर में हम मर्यादाओं के बंधन अपने ही हाथों से काटकर कहानी और कविता की अंत्येष्टि कर डाले।

कविता से रस, छंद अलंकार को घोलकर पी गये, जो कविता का प्राण तत्व होता है। कहानी से किस्सागोई का अर्क निकालकर पी गए। अब बचा क्या? कविता और कहानी नाम की दोनों बहनें लँगड़ी हो गई हैं। यह बताते हुए बहुत तकलीफ जाती है कि आज की कहानी, कविता और उपन्यास के

रचनाकार स्वयं विकलांग हैं उनसे पूर्णता की उम्मीद कैसी? जब अमूर्त लेखन को उत्कृष्ट की संज्ञा दी जा रही हो, नारी चिंतन, स्त्रीविमर्श के नाम पर नारी शरीर से वस्त्र उतारने को ही प्रगतिशील लेखन कहा जा रहा हो, तब भगवान ही मालिक है।

चिंता और खेद का विषय है कि दादी-नानी की कहानियों को संग्रहित नहीं किया गया। उनके साथ कहानी भी खत्म हो गई।

नानी से सुनी एक कहानी को संक्षेप में, जो कभी नहीं भूल नहीं पाया हूँ, सुनाता हूँ-

एक राजा की शादी हुई, पीहर से रानी को बिदा कराकर राजा चल पड़े। बस्ती से बाहर नदी थी। रिवाज था की बेटियों की बिदाई उपरांत नदी के दूसरे पार डोली रख दी जाती थी और नदी के जल को डोली में छिड़का जाता था, फिर बारात दुल्हन को लिए आगे बढ़ती थी। जल छिड़ककर डोली उठाने की कोशिश हुई लेकिन चार कहारों का बल किसी काम नहीं आया। डोली टस-से-मस नहीं हुई। घोड़े में सवार राजा कहारों को ललकारे- 'उठाओ।'

'अन्नदाता, सरकार! डोली उठ नहीं रही।' डरते हुये कहारों ने बताया।

कहारों का उत्तर सुनकर राजा को गुस्सा आ गया, म्यान से तलवार खींचकर कहारों से बोला- 'उठाओ, अन्यथा जान से जाओगे।'

कहार दोबारा से डोली उठाने ही जा रहे थे कि नदी की दिशा से घोड़े में सवारी किये एक सुंदरी प्रकट हो गयी। उसके चेहरे से हजारों सूर्य का प्रकाश-पुंज बाहर निकल रहा था। एक हाथ से खुली तलवार लिए हुए वह शक्तिशाली देवी की प्रतिमूर्ति लग रही था। राजा से नजरें मिलते ही उनकी आँखें चुँधिया गईं। वे नीचे देखने लगे। वह सुंदरी घोड़े से उतरी और डोले के पास गई। रानी भी नीचे उतर आई फिर दोनों एक दूसरे से लिपट गईं। मिलाप के बाद वह सुंदरी राजा से सम्बोधित हुई- 'राजन, आश्चर्य न करें। यह मेरी पक्की सहेली है। यह ससुराल प्रथम बार जा रही है, इसलिए मुझे प्रकट होकर मिलने आना पड़ा।

'तुम कौन हो?' तलवार की मूंठ पर हाथ की पकड़ सख्त करता हुआ राजा बोला।

'आपकी साली।'

'साली?' आश्चर्य से राजा बोला।

'हाँ जीजा जी।'

उत्तर सुनकर राजा चीख उठा– 'सच बताओ, तुम कौन हो? वरना'

'वरना क्या जीजा जी? मैंने सुना है, आप स्त्रियों का सम्मान करते हैं, धर्मशील है, वीर-पराक्रमी हैं, न्यायविद हैं, विद्वान और गुणीजनों का आपके राज्य में मान-सम्मान, आदर होता है। क्या सब झूठ सुना है?'

बीस हाथ कच्चे खपरैल की ओसारी में सन्नाटा छाया हुआ था, हम सब साँस बांधे सुन रहे थे। आवाज बदलकर बोलने का गुण नानी में था। जब उसने राजा को तलवार पर हाथ की पकड़ मजबूत करने की क्रिया को बताई तब मुझे डर लगा था कि कहीं राजा उस सुंदरी की गर्दन सचमुच न काट दे। मैंने मदद के लिए पीछे देखा मेरे घर के सभी लोग कहानी का हिस्सा तो थे ही, पड़ोस के लोग भी न जाने कब आकर सुनने के लिए बैठ गए थे।

'फेर का भा दाई?' पड़ोस में रहने वाला मोहन नाई पूछ बैठा।

महारानी को बोलना पड़ा, 'अरे सहेली, तनिक आपन तेज तो कम करा।'

नदी ने अपना तेज कम दिया। पहली बार सर उठाकर राजा ने उसे देखा। ऐसी सुंदर स्त्री वह स्वप्न में भी नहीं देखा था। ठगा-सा राजा एकटक उसे देखता ही रह गया।

'ऐसे क्या देख रहे हैं?'

राजा, का मुँह खुला रह गया। बहुत कोशिश के बाद वह बोला– 'हे सुंदरी, अलौकिक रूप की देवी, मैं आपके समक्ष विवाह का प्रस्ताव रखता हूँ। इंकार मत कीजिएगा, मेरी जिंदगी अब आपके हाथ मे है।'

इतना कहकर रत्नों से जड़ा मुकुट सिर से उतारकर राजा, नदी के कदमों में रख दिया। बल-पौरुष युक्त सुंदर, विवेक का खजांची सम्राट, एक बड़े साम्राज्य का हुक्मरां, नदी के रूप-सौंदर्य में इतना मोहित हुआ के पल भर में याचक हो गया। दोनों सहेलियों ने आपस में मन्त्रणा हुई।

नदी 'यह कैसे हो सकता है? इस राज्य में अकाल पड़ जायेगा, पेड़-पौधे सूख जाएंगे, फसलें बर्बाद हो जाएंगी, पूरे राज्य में पानी का संकट हो जाएगा। जनता प्यासी मर जाएगी। न-न सखी, मैं इतनी स्वार्थी नहीं हो सकती।'

रानी 'उस राज्य में कोई नदी नहीं है। कुएं-तालाब हैं, जो गर्मी में प्रायः सूख जाते हैं। वहाँ की जनता बादलों से गुहार लगाती है, सुना है राजा कई दिन तक भूखे-प्यासे रहकर इंद्रदेव की पूजा करते हैं। तब पानी बरसता है।'

'कुछ उपाय सोच न सखी, क्या ऐसा नहीं हो सकता है कि तुम दोनों राज्यों में निवास करो?'

आपस में मन्त्रणा के बाद नदी ने ऐलान किया 'आप का प्रस्ताव हमें मंजूर है, किन्तु आप मुझसे वायदा करिए मेरा मान-सम्मान आपके राज्य में भी इस राज्य की तरह हो, अन्यथा मैं पाताल लोक गमन कर जाऊँगी।'

राजा ने नदी की सभी बातें मंजूर कर ली। रानी की डोली चल पड़ी। जय-जयकार करते हुए सैनिक चल पड़े। स्वयं अपने कोमल-सुंदर हाथों से नदी ने राजा के सिर में मुकुट स्थापित कर दिया। नदी के लिए अलग से डोली का इंतजाम हुआ, किन्तु वह डोली में नहीं बैठी। वे राजा के पीछे-पीछे घोड़े में चली। घोड़े के पूँछ से पानी की धारा निकलने लगी। जो उस राज्य की सीमा तक गई। कालांतर में राजा के साथ नदी का विवाह हुआ। दोनों राज्यों की धरती हरीतिमा से भर गई।

ऐसी कहानियाँ थी नानी के पास, कहने का अंदाज उसका अपना था जो अंत तक सुनने वाले को बैठा रखता था। उस उम्र में यह मेरे लिए छोटी-सी कथा थी किन्तु आज सोचता हूँ, यह बहुत बड़ी कहानी है।

अब मैं पन्ने के अनुरेख को व्याख्यायित करता हूँ, यह दृश्य गर्मी का है। तालाब के आधे भाग में अभी पानी भरा है। यहाँ गहराई थी। लगभग तीन मीटर पानी गर्मियों में रहता था। पानी में इलाके भर की भैंसें डूब-उतरा रही हैं। अर्धनग्न गाँव के कुछ लड़के भैंसों की पीठ चमका रहे हैं तो कुछ भैंस की पीठ में चढ़कर तालाब का भ्रमण कर रहे हैं। इतनी सेवाएं प्रदान कर तालाब खुश है, उसे किंचित अहंकार नहीं है। पेड़ के ऊपर बने सूर्यमुखी मुँह को हँसते हुए दिखाना, उसके हर्ष का संकेत है। तालाब, पेड़, नदी, रास्ते निःस्वार्थ भाव से जन सेवा करते हैं। यह स्वभाव साधु का होता है, यह मन के लोकोपकारी भाव का उच्च प्रदर्शन है। यह भाव जिस मन में वास करता है, वह देवता हो जाता है।

आज पेड़, नदी, तालाबों की दुर्दशा पर मन दुखी है। पौराणिक मान्यता थी कि पेड़-पहाड़, नदी-तालाब में देवता निवास करते हैं। इनकी छाया में या क्षेत्र में कोई गलत काम मत करो, पाप जाएगा। देवता गुस्सा करेंगे। यह भाव प्रायः लुप्त है। परिणाम भी सबके सामने है, बताने की जरूरत नहीं है।

अरे! मैं कहाँ बह गया, मुझे बंटी की चिट्ठी लिखनी है। जल्द ही चिट्ठी लिखने की तैयारी में जुट गया हूँ। कंप्यूटर के प्रदर्शन बोर्ड को साफ कर, की-बोर्ड में उँगलियों को रख दिया हूँ। चुपचाप बैठा हूँ, मस्तिष्क से कोई संकेत मिल नहीं रहे थे। क्या लिखूँ? सोचते हुए बैठा था कि सड़क पर सब्जी वाले ने आवाज लगाई- 'सब्जी ले लो सब्जी, भिंडी, करेला, लाल भाजी, ताजी-ताजी।'

मुझे फौरन ध्यान आया कल बंटी ने आते वक्त बाइक की डिक्की में सब्जी भरी थी। फौरन सब्जी बाहर की, मुरझा गई थीं, किन्तु उपयोग लायक थीं। सब्जी किचेन में रखकर पुनः लिखने बैठ गया। लेकिन सफलता नहीं मिली शब्दागार में एक भी शब्द नहीं मिला जो चिट्ठी की शुरुआत करा दे।

इधर-उधर मन भटकने लगा। पुरानी स्मृतियों से कुछ लावारिस पड़े अर्थ खो चुके चित्र निकल कर आंखों को परेशान करने लगे। वे उस जमाने के चित्र थे जब चिट्ठियों का दौर था।

यह केवल खाली कागज पर मस से उरेही गई शब्दकृति नहीं होती थीं। यह बात आज समझ पाया हूँ। यह किसी की उँगलियों के स्पर्श होते थे, किसी के छाती की पीर तो किसी की खुशी के इजहार होते थे। बहुत बार देखा हूँ, चिट्ठी पढ़ते हुए, पिता जी को चरण छूने से लेकर बच्चों को प्यार तक लिखा होता था। इसी के आसपास के कुछ अक्षर मिटे होते थे, जैसे खुले में बैठकर चिट्ठी लिखी गई हो और उस पर शरारती बदलियों ने जल-बूँदें गिरा दी हों।

आज समझ पा रहा हूँ, यह मर्यादाओं के जाल में जकड़ी हुई बदली थी, जो प्रिय की याद बरबस लिए आँखों से चू पड़ी है। वह ओठों के परस्पर मिलन की स्वीकृति में एहसासों की चाशनी में पगी हुई छुअन भी होती थी जो लिफाफा बंद करते समय की है। कितना अद्भुत प्रेम का मर्यादित प्राकट्य था। आज की नई पीढ़ी क्या समझेगी? मोबाइल और इंटरनेट की दुनिया ने उस निर्मल विशुद्ध हृदय के प्रेम की हत्या कर दी गई है। अब का प्रेम, प्रेम नहीं है, सिर्फ कुछ पलों का दैहिक आकर्षण है। विज्ञान ने दिया कम है, छीना अधिक है। यह नवीन पीढ़ी को बताने की जरूरत है।

गाँव में डाकिया आकर गाँव भर की चिट्ठी हमारे घर में प्रायः छोड़कर चला जाता था। मैं सबकी चिट्ठी पहुँचा आता था, किन्तु पहले पढ़ लेता था। एक पण्डित जी फौज में थे। जम्मू के किसी हिस्से में उनकी तैनाती थी। वे लिफाफे में चिट्ठी भेजते थे। मैं भी कम इंजीनियर नहीं था, ऐसे तरीके से लिफाफा खोलता था कि कोई न जान सके। एक बार उनकी चिट्ठी पढ़ी, अपने पिता को सम्बोधित कर लिखे थे, 'दादा, दुश्मन देश के सैनिकों की तरफ से रात भर दनादन गोलियाँ चलती हैं, तोप के गोले दायें-बायें आकर गिरते हैं। आप चिंता न करना फौज की नौकरी में यही होता है।

उस दिन मुझे बहुत डर लगा। पिता जी को हम सभी भाई-बहन 'कक्कू' कहते थे। गाँव-मेड़े के लिए वे लाला बाबा या मुंशी जी थे। चिट्ठी में लिखी सारी बात उन्हें बताई, वे बहुत नाराज हुए तथा किसी की चिट्ठी चोरी-छिपे न पढ़ने की हिदायत दी।

फिर भी मैं मानने वाला नहीं था। पिता की आज्ञा न मानने का यह गुनाह मुझसे हुआ है। उस समय की चिट्ठियों की भाषा अलग तरह की होती थी। प्रायः हर चिट्ठी में एक या दो शेर जरूर लिखे होते थे। आज से पचास साल पहले जो आठवीं पास हो जाता था, वह चिट्ठी में पता और दस्तखत अंग्रेजी में ही बनाता था। दस्तखत तो ऐसे घुमाफिरा कर बनाता था कि लगे जिले का कलेक्टर यही है। शायरी तो बदल-बदल कर, बतौर बानगी जो याद में है, बता रहा हूँ-

'दूर फैली हुई है गंध तेरे बदन की,

कौन सी साबुन लगाकर तुम नहाते हो सनम।'

'चला जा, चला जा कबूतर की चाल।

'होगी मुहब्बत लिखेगा जवाब।'

अब इधर-उधर की बातें हाँककर बंटी की चिट्ठी लिखने बैठा हूँ, किन्तु शब्द नहीं मिल रहे थे। निराश मन से लिखना बंद कर उठना ही चाह रहा था कि भीतर से संदेश आया- 'परकाया प्रवेश करो, तभी कुछ लिख सकोगे।' मैं समझ गया, यही तो मुझसे गलती हो रही थी। परकाया प्रवेश करना मेरे लिए कठिन नहीं है। उपन्यास या बड़ी कहानी लिखते समय यह कार्य हमेशा करता रहा हूँ।

अब मैं बंटी के शरीर में धीरे-धीरे प्रवेश कर रहा हूँ। मेरा शरीर शिथिल और बेजान सा कुर्सी पर सर टिकाए बैठा है। बंटी की दुनिया से मेरा तादाम्य स्थापित हो गया है। मैं अब बंटी हूँ, अब जो भी लिखूँगा, बंटी के भाव होंगे। उसी की बोली-भाषा होगी। कहीं जज्बातों के ढलान पर बंटी अगर फिसल जाए तो आप सहारा जरूर दीजिएगा।

बदरी,

कैसे लिखूँ कि बंटी को तुमसे बहुत प्यार है। काश, इसकी भी तौल होती, तराजू होता तो बताता कि उतना प्यार है, जितने तौल की गणित नहीं बनी है। अरे, कैसा पागल हूँ, हर सुबह उठते ही सबसे पहले पूर्व दिशा में आकाश देखता हूँ। तुम्हारी गैरहाजिरी पाकर खुद को समझाता हूँ- 'पगलेट,

तुम दादू ठाकुर के साथ रहकर हुक्का भरने के अलावा कौन सा गुण सीखे। अरे वह बदरी है, तेरी महबूबा है। 'लुका-छिपी का खेल भी कुछ होता है कि नहीं?' मन को तसल्ली देता हूँ, सारी दुनिया जब लुका-छिपी का खेल खेलती है, तो बदरी क्यों नहीं खेल सकती?

अबे दुनिया की छोड़ बंटी, सुरिज भगमान, चन्दमा महरानी अउर तुम्हरे दुनिया के तारागण, ग्रह-नक्षत्र तक लुकौला खेल रहे हैं। मैं अब तुमसे अंग्रेजी में बात करूँगा, ठाकुर दादू के बड़का कुँवर की ठकुराइन मुझे इस साल अंग्रेजी सिखा गईं। होली में आईं थी, ठाकुर दादू को देखने। जाते समय सौ का कड़क नोट मेरे हाथ में देकर बोली थीं- 'वेल्डन बंटी, ऊ जीनियस अण्ड अन्ट्रीजेंट, ऊ ठाकुर दादू का केअर रखना।' मैं भी अंग्रेजी में सिर हिलाकर थैंचू कहा था। वह नोट बहुत सम्हाल कर रखा हूँ। जब हमारी मुलाकात होगी तब दिखाऊँगा, लेकिन दूँगा नहीं।

हुँह, मुँह छिपा ली न, गुस्सी हो गई? चलो इंग्लिश पीकिंग बन्द। तुम्हारे समझ में अंग्रेजी कहाँ से आये? तुम तो देवताओं की नगरी में हो, वहाँ संस्कृत में बात होती होगी, जो यहाँ पण्डित जी सत्यनारायण की कथा के दिन बांच कर सुनाते हैं। एक दा नारदो जोगी, कलावती नाम कन्या भविष्यते।

एक बात सुनाऊँ, गाँव में बड़ी कथा हुई थी। ठाकुर दादू मुझसे कहे, 'बड़े भागन ऐसी कथा गाँव में होती है। जाओ सुन आओ।'

मैं हुकुम मानकर सुनने गया। हमरी समझ में कुच्छ नहीं आया। अब फिर नाराज होकर बोलोगी- 'तब गये क्यों थे?'

'बदरी, मैं सच्ची कहता हूँ, हम जैसे अनपढ़ गंवार लोगों के लिए वेद-पुराण नहीं लिखे गये हैं। ये उन लोगों के रोजगार के लिए लिखे गए हैं जो ज्ञान की किताबों की आड़ में रोजी-रोटी चला रहे हैं। अच्छा है, पेट सबका चलना चाहिए, चाहे कैसे भी चले- देखो कहीं जाना नहीं, मुझे एक नई चीज का पता चला है, कहो तो बता दूँ?'

एक इशारा मार दिया करो- बहुत अच्छी, हाँ-हाँ, ऐसे ही। समझ गया,

'दुलहिन क्यों नैना मटकाए?

पिया-पिया रट रात बिताई, मन पुलकित सुब आए।'

शाबास, तुमने पर्दा को बेपर्दा कर दिया- 'अब सुनो, 'इस दुनिया में सबको मारने वाला पेट ही है। सबका दुश्मन पेट। किसी से कहना नहीं, मेरे सिवा कोई यह बात नहीं जानता।'

मेरी बात को दिल में मत उतारना। मेरी रग-रग में मसखरी है। तुम पूछोगी, तुमने अंग्रेजी कहाँ से सीखी? तो सुनो, ठाकुर दादू के नाती मुझे सब सिखा गये हैं। चाउर को राइस, कोदई को कोडोराइस- और पानी को- अरे! मुँह छिपा ली, चलो ठीक है, नहीं बताते हम्म। वे दोनों बहुत सुंदर हैं। चावल के भात की तरह गोरे-गोरे हाथ-पाँव और टमाटर की तरह लाल-लाल गाल और भिंडी की तरह- न न सब फिजूल की बातें, धत्त तेरी की, अपनी सुना।

बरसात के महीने मुझे नहीं सुहाते। ठाकुर दादू कहते हैं, 'बरसात नहीं होगी तो खेती नहीं होगी। नदी, तालाब, कुएं सूख जाएंगे। हम बिना अन्न-पानी के जिंदा नहीं रह सकते। मुझे लगता है बरसा के टेम तुम रोती हो, धरती पर पड़ी जल बूंदें तुम्हारे आँसू हैं। मेरा सीना फटता है, पूरी रात जागकर बिताता हूँ। तुम मेरी मुहब्बत को समझती हो, आज शाम को उत्तर के आसमान में तुम्हारे नीले परिधान देखकर तबियत मचल गई। जी हुआ कि उड़कर तुम्हारे पास चला जाऊँ, बाहों में समेट लूँ और पागलों की तरह तुम्हें प्यार करूँ।

मैं ठाकुर दादू को अंतिम बेरिया अकेला छोड़कर नहीं आ सकता। ठकुराइन दाई के मौत के बाद से वे अकेले हैं। बड़े कुँवर विदेश में हैं। फोन से उनसे हालचाल पूछते हैं। ठाकुर दादू खाँसी रोककर मजे हुये कलाकार की तरह झूठ बोल देते हैं- 'ऑल राइट हियर, ओके हियर।' जबकि असलियत मोखे पता है। ठाकुर दादू कम दिन के मेहमान हैं। ओक्के-फोक्के हियर

नॉट। ससुरी फिर अंग्रेजी, बड़े लोगन के साथ में हमरा बोली बिगड़ गई। मतलब हम खुश हैं। यह कह देते हैं। बहुत लंबी चिट्ठी हो गई। कागद भर गया। सियाही भी खतम समझो, किन्तु दिल नहीं भरा। बस थोड़े दिन और सबर करो। बीस साल जब कट गए, तब बीस रोज ई ससुरा का आय- टेम की दुम।

मुझे हल्का झटका महसूस हुआ। इसी के साथ में बंटी की काया से बाहर निकल आया। सामने टेबल पर पड़ी चाय जाने कब की ठंडी हो गई थी। दीवाल घड़ी पर नजर डाली, दोपहर के बारह बज रहे थे। चिट्ठी पढ़ने लगा, अंतिम की दो लाइन पढ़कर मन में घबराहट हुई। प्रार्थना के भाव में हाथ जुड़ गए, अनायास मुँह से निकला- 'हे भगवान! बंटी और ठाकुर दादू की सेहत दुरुस्त रखना।

*****

डायरी का पाँचवां पन्ना

चिट्ठी लिखकर लिफाफे में रख दिया हूँ। निश्चिंत हूँ, बहुत बड़ा काम हो गया है। बंटी आयेगा तो पढ़कर उसे सुना दूँगा। कुछ और जोड़ना-बढ़ाना होगा तो वह भी हो जाएगा।

आज सन् 2021 के अप्रैल महीने की आठ तारीख है, ससुराल से लौटा हूँ, आना-जाना मिलाकर तीन सौ किलोमीटर तो हो ही जाता है। रास्ता बड़े आराम से बीता। सुगम संगीत के सुप्रसिद्ध और मेरे परम प्रिय गायक पद्ममधर झा की स्वरबद्ध एवं उन्हीं की गायी हुई गजलें सुनता रहा। दूरी का आभाष ही नहीं हुआ। यही एक अच्छे संगीत की खासियत है, फिर भी शरीर में थकान है। अभी-अभी कार खड़ी कर ड्राइवर गया है। उससे चाय पीकर जाने को कहा गया किंतु वह रुका नहीं।

मन्दिर में भगवान की सांध्य-आरती के बाद पत्नी ने चाय बनाई। चाय से भरा कप हाथ में था, तभी मोबाइल की घण्टी बज उठी। बहुत बुरी खबर थी, दिल को दहला देने वाली खबर थी। मुझसे उम्र में मात्र दो साल छोटे भांजे की मृत्यु का समाचार था। अभी दो सगे रिश्तेदारों के मौत का दुःख कम नहीं हुआ था कि इस तीसरे हमले ने समूचे अस्तित्व को हिलाकर रख दिया। चाय का कप वापस टेबल पर रख दिया। अचानक से यह क्या हुआ? छानबीन चलती रही। यह दूसरे भांजे का फोन था। उसे भी अधिक मालुम नहीं था। मैंने पूछा- 'हम लोग हॉस्पिटल पहुँचें?'

उसने बताया- 'नहीं मामा जी, आप अभी मत आइये। मैं हॉस्पिटल जा रहा हूँ, जैसी स्थिति होगी बताऊँगा।'

रात्रि के नौ बज गये, तब उसका फोन दोबारा से आया, उसने बताया, 'उनके लड़के बॉडी गाँव लिए जा रहे हैं, आप सुबह सीधे गाँव चले जाइयेगा।'

दो दिन तक लगातार वहाँ आना-जाना लगा रहा। पूरे हफ्ते भर मन ज्यादा व्यथित रहा। कोरोना नाम की इस महामारी ने सभी का कुछ-न-कुछ छीन लिया है। प्रियजनों से

विछोह बहुत तकलीफदायक होता है। शरीर के साथ आत्मा में जगह-जगह जख्म हो जाते हैं, जो ठीक होने में बहुत समय लेते हैं।

अब किसी तरह से खुद को समझा लिया हूँ। आज पाँचवां पन्ना लेकर बैठा हूँ। सुबह से ही आकाश में यत्र-तत्र बादल हैं, फिर भी कागज पर बने अनुरेख साफ नजर आ रहे हैं। मेड़ पर खड़े पेड़ बरसात की बूँदों से पत्तों के ऊपर जमा धूल की परत को हटा चुके हैं। आकाश में घने बादलों का दृश्य है। स्पस्ट है बरखा ऋतु का शुभ-आगवन हो चुका है। गौर से देखने पर तालाब के ऊपर से पक्षियों के उड़ने के सांकेतिक चित्र दिखाई दिए। शायद रात में हल्की बरसात हुई है, किंतु तालाब भरा नहीं है। कागज के रंगहीन पन्नों पर मैंने गौर किया, गेल्हा ने स्वयं का अनुरेख नहीं उकेरा है। ऐसा क्यों? बहुत गहरी नजरों से जब देखा गया तब एक बहुत ही धुंधली अनुकृति आकाश के छोर में दिखाई दे गई। हाँ, यही गेल्हा है, बादलों से कुछ कह रहा है। क्या कह रहा है? सुन-समझ पाना मेरे वश में नहीं है, उसी से मिलने पर पूछूँगा।

पन्ना सहेजकर रख दिया हूँ। वास्तव में ऐसे अनुरेख तभी ठीक से समझ आते हैं। जब मन शांत हो, एकांत हो। मैं एक कविता लिखना चाह रहा था, लेकिन काम बना नहीं। हृदय के विशाल शब्द भण्डार से मुझे शब्द मिले न भाव मिले। ऐसे समय में प्रकृति के चितेरे सुमित्रानंदन पंत जी के कविता की चंद लाइनों की याद आती हैं, जिनसे मेरी तादाम्यता बिल्कुल ही नहीं बनती है।

वियोगी होगा पहला कवि, आह से उपजा होगा गान।

निकलकर आँखों से चुपचाप, बही होगी कविता अनजान।

मेरे साथ ऐसा नहीं होता है, कुछ लिखना-पढ़ना तो दूर की बात हुई, शारीरिक जरूरत की गतिविधियाँ, यथा, भोजन, शयन भी नियम छोड़कर चलते हैं। चित एकाग्रता खो देता है। पंत जी ने ऐसा क्यों लिखा? कौन ऐसा महायोगी हो सकता है? मैं तो एक प्रतिशत भी नहीं, अन्य के अनुभव, अनुभूति वे खुद जाने।

आज शनिवार का दिन है। मान्यता है हनुमान जी मंगलवार और शनिवार घर (मन्दिर) में रहकर जनता की फरियाद सुनते हैं। यहाँ यह उल्लेख आवश्यक समझता हूँ कि मेरे घर से बहुत पास हनुमान जी के तीन ऐतिहासिक मन्दिर हैं। ये कोई साधारण मन्दिर नहीं हैं। ये दुनिया के अजूबा मन्दिर हैं। यहाँ बजरंगबली की मंगल और शनिवार को अदालत लगती है। चिरहुला नाथ मंदिर को जिला कोर्ट, रामसागर मन्दिर को हाई कोर्ट और खेमसागर मन्दिर को सुप्रीम कोर्ट का दर्जा प्राप्त है। यहाँ कलयुग के देवता बजरंगबली न्यायाधीश की तरह भक्तों की समस्याएँ सुनते हैं।

टहलते हुए मैं रामसागर मन्दिर आ गया। शाम हो चली थी। हनुमानजी के दर्शन उपरांत मन्दिर के बाहर बने चबूतरे में बैठकर तालाब की तरफ देखने लगा। ताज्जुब की बात यह थी कि मेरे अलावा कोई नहीं आया था। कोरोना का भय मुझे तालाब की मेड़ पर लगे पेड़ों पर भी दिखाई दिया। मुझे अच्छा नहीं लग रहा था, मैं पुनः मन्दिर में प्रवेश कर बजरंगबली से निवेदन किया कि, भगवन! महामारी से दुनिया की रक्षा करें।'

मेंड़ में ज्यादातर बबूल के पेड़ हैं, कुछ बड़े, कुछ झाड़ीनुमा। वहीं से एक पतली गली आगे को जाती हुई दिखाई दी। मैं बिना सोचे-विचारे निरुद्देश्य गली में चल पड़ा। पेड़ों की सघनता की वजह से डूबते हुये सूरज की किरणें यदा-कदा पहुँच पा रही थीं। आगे जाकर पेड़ों की संख्या कम हो गयी, गली की मंजिल भी समझ में आ गई, वह तालाब के उस पार बसी बस्ती को जाती थी। यहाँ से तालाब साफ दिखाई देने लगा था। जल का दायरा सिकुड़कर गहराई में केंद्रित था। सांध्य काल के सूर्य की कोमल किरणें जल में रंग घोलती हुई मोहक लगीं। मैं खड़े-खड़े प्रकृति की मोहक छटा को निहारता रह गया। प्रकृति हर जगह मौजूद रहकर अपने कोमल हाथ मनुष्यों की तरफ बढ़ाती है। हर जगह कुदरत की चित्ताकर्षक झांकी है। किसी को बहुत दूर भागने की जरूरत नहीं है। सब कुछ घर के आसपास मौजूद है। जरूरत है भरोसे के नजर की, घर से दायें-बायें कुछ दूर चलने की।

अचानक कानों में धीमी आवाज सुनाई दी- 'बैठ जाओ।'

मैं इधर-उधर तजबीज करने लगा। कहाँ से आवाज आई? कौन बैठने को कह रहा है? मैं बैठा नहीं खड़ा ही रहा। तभी फिर से आवाज आई- 'मुझे पहचान रहे हो?'

'नहीं।' मैंने कहा।

'मैं गेल्हा हूँ, तुम्हें मायूस देखकर मुझे आना पड़ा।'

'जी, तबियत बदल जायेगी।'

'तुम जगत के सचेतक हो, जब तुम ही माथा पकड़ कर बैठ जाओगे, तो उनका हाल कौन लिखेगा, उन्हें तसल्ली कौन देगा? जिन्हें समय की मार पड़ी है। उठो, साहस के साथ उठो, नए संकल्प के साथ उठकर काम में लग जाओ। जाओ घर लौट जाओ, शाम होने वाली है। इस जगह की शाम अच्छी नहीं है।' 'क्यों अच्छी नहीं है। मुझे तो अच्छी लग रही है- उधर पानी में देखो, जल गुलाबी हो रहा है। शीतल बयार शरीर के ताप को कम कर रही हैं।' मैं एक साँस में बोल गया।

गेल्हा हँसा, खनकदार हँसी जैसे तालाब के ठहरे हुये लोहित वर्ण पानी की तरफ से उठी हो, वह बोला- 'दक्षिण दिशा की मेंड़ तरफ नजर डालो, उठे हुए मिट्टी के टीले और चबूतरे, दिख रहे हैं न, वह जमीन, तकरीबन चार सौ साल से अन्तिम क्रिया के उपयोग में ली जा रही है।'

'मतलब मुझे डरना चाहिए?'

'हाँ, कारण सुन लो। उस जगह से नकारात्मक ऊर्जा निकल रही है। और आसपास का वातावरण उस ऊर्जा को रोक पाने में विफल है।'

'ये पेड़ हैं और तालाब भी तो है?'

वह फिर हँसा, उसकी हँसी मुझे कभी डरावनी लगती थी, किन्तु अब नहीं। दोस्त की हँसी-अट्टहास से भय कैसा? वह बोला- 'ये बबूल की झाड़ियाँ और आधा पेट तालाब का पानी, इनमें कूबत नहीं- हा हा हा हा, घर जाओ अनुज, बहस अभी नहीं।'

'ये हनुमान जी भी तो हैं?' लौटने से पहले मैंने कहा।

'कितना काम लोगे उनसे? फिलहाल घर जाओ, बातें और भी हैं, समय आने पर विस्तार से चर्चा होगी।'

मैं अभी भी खड़ा था। आदत अनुसार शंका पालकर कभी घर को नहीं लौटा हूँ। मुझे डर तो लगता है, शोर-गुल से, चीख-पुकार, या किसी अनहोनी की आहट से किन्तु जल्दी ही निजात पा लेता हूँ। गेल्हा मेरी मंशा समझ गया था, वह समझाकर बोला- 'सुनो, घर को लौट चलो। मैं भी चलता हूँ। रास्ते में बात होती रहेगी।'

मैं लौट पड़ा था। मन्दिर के पास पहुँचकर हनुमानजी को पुनः दंडवत प्रणाम किया। अब मन्दिर खाली नहीं था, भक्त गण आ गए थे। सीढ़ियां उतर कर मैं सड़क में पहुँचा ही था कि गेल्हा की कर्कश आवाज कानों में सुनाई दी- 'मेरी बात गौर से सुनो।'

'वॉल्यूम थोड़ी कम करो, कान फटे जा रहे हैं।' मैंने कहा।

वह धीमी आवाज में बोलने लगा- 'शास्त्रों में जो बातें लिखी हुई हैं, वह हमारे जीवन से ही जुड़ी हुई हैं। जिन्हें मानना जरूरी है। कुछ बातें ऐसी हैं जिन्हें नजरअंदाज करना जीवन पर भारी पड़ सकता है। मैं तुम्हें कुछ ऐसे नियमों के विषय में बता रहा हूँ जिन्हें शाम ढलने के साथ पालन करना चाहिए।'

'प्रत्येक कार्य को करने के लिए समय निरूपित किया गया है। कार्य विशेष को समयानुसार करने पर ही सफलता मिलती है। समय के अनुरूप जो कार्य नहीं किया जाता है। उसमें सफलता नहीं मिलती है। ऊपर से शरीर, स्वास्थ्य और मन पर प्रतिकूल प्रभाव पड़ता है।'

'और सुनो, सूर्यास्त के बाद से लेकर सुबह से पहले तक बुरे लोगों से नहीं मिलना चाहिए क्योंकि बुराई की नकारात्मक ऊर्जा मिलने वाले को विचलित कर सकती है। विष्णु पुराण के मुताबिक सांध्य काल या उसके पश्चात रात के समय गलती से भी किसी श्मशान या कब्रिस्तान के पास से नहीं गुजरना चाहिए,

न ठहरना चाहिए। क्योंकि यह वह समय होता है जब कब्रिस्तान और शमशान में सबसे ज्यादा नकारात्मक ऊर्जा हावी रहती है, इससे हानि सम्भावित होती है। सूरज ढलने के बाद किसी भी महकदार इत्र या परफ्यूम को लगाने से बचना चाहिए क्योंकि तेज सुगंध नकारात्मक शक्तियों को अपनी तरफ आकर्षित करती है। रात के समय लड़कियों को बाल खोलकर नहीं सोना चाहिए क्योंकि बाल काले होते हैं और ये सबसे ज्यादा नकारात्मक ऊर्जा को अपनी तरफ आकर्षित करते है। शाम के पश्चात कभी भी रात को पेड़ों के पास से होकर नहीं गुजरना चाहिए यहां पर बुरी शक्तियों का निवास होता है।'

गेल्हा की बातों से मेरा मन ऊब चला था। मैंने उसे गाँव लौट जाने को कहा। परन्तु वह लौटने को तैयार नहीं हुआ। वह मुझे घर के पास तक छोड़ना चाहता था। मुझे उसके साथ बातचीत जारी रखना ठीक लगा।

मैंने पूछा- 'आप को इतना ज्ञान कहाँ से मिलता है?'

'कुछ कुदरत देती है, कुछ आसपास ठहरने वाले या नजदीक से गुजरने वाले, कुछ मुझे इस्तेमाल करने वाले देते हैं। ज्ञान की किताबें तो यत्र-तत्र-सर्वत्र विखरी पड़ी हैं। हम उनके ऊपर पैर रखकर आगे को बढ़ जाते हैं।'

गेल्हा का जवाब सुनकर मैं आश्चर्य से भर गया। मुझे लगा यह तालाब कभी पढ़ने स्कूल नहीं गया होगा, कोई डिग्री-डिप्लोमा नहीं है इसके पास लेकिन बातें ऐसी करता है कि आज के मास्टर डिग्री वाले भी चकरघिन्नी खा जाएं। मैंने पुनः पूछा- 'दादा तुम कहाँ तक पढ़े हो?'

वह जोर से हँसकर बोला, 'याद करो, जब स्कूल की छबाई चलती थी या गर्मी का महीना होता था या जाड़े के दिन होते थे, तुम लोगों की कक्षाएं स्कूल से बाहर लगती थी तब दूर बैठकर मैं भी सुनता था। मैंने श्यामसुंदर और बिहारीलाल पण्डित जी से हिंदी, संस्कृत गणित पढ़ी और हेडमास्टर साहब से अंग्रेजी पढ़ी है। माणिक रमन मास्साब ने तुम्हारे साथ मुझे भी कलम पकड़ना सिखाया है। बस परीक्षा में बैठने की अनुमति मुझे नहीं मिली, अन्यथा आठवीं पास मैं भी कर सकता था।'

मेरा मस्तक उन गुरुजनों के सम्मान में झुक गया। बस इतना ही तो कर सकता हूँ। आपने हमें इंसान बनने की शिक्षा दी है, वही आज काम आ रही है। आपने मुझे काबिलियत से ज्यादा दिया है। मैं आपका कर्ज कभी नहीं उतार पाऊँगा। गेल्हा की पीड़ा मुझसे बड़ी थी जो उसके अंतिम शब्दों में बयाँ हो उठी थी। मुझे तकलीफ पहुँची, 'काश! मेरी तरह उसका कोई स्वरूप होता तो उसे जी भर निहारता, उसकी दुखती हुई रगों पर अपनत्व भरा हाथ जरूर फेरता।'

घर नजदीक आ गया था। अचानक पांचवें पन्ने पर उकेरे चित्र की सुध आ गई, मैंने पूछ लिया– 'दादा, आप आकाश में किससे मिलने गये थे? पन्ना देखकर मुझे ऐसा लगा कि आप बादलों से बात रहे हो।'

वह कुछ नहीं बोला, पल मौन में बीते। मैंने समझा, 'पूछकर भूल कर दी है।' मैंने खेद प्रकट किया, तब वह गम्भीर आवाज में बोला– 'अनुज! हम तुम्हारी विरादरी की तरह तो नहीं है लेकिन हमारे पास भी दिल है। सन्नई (गाँव से होकर बहने वाली नदी) मेरी प्रेमिका है। आज वह टुकड़ों में जीवित है, यही मेरे लिए बहुत है। उस दिन सन्नई को समाप्त कर नहर खोदी जा रही थी। तुम्हें याद होगा सन् 1978 की गर्मी का वह साल जब नहर की खुदाई के लिए बड़ी-बड़ी मशीनें आयी थी।'

'हाँ, याद है।' मैंने कहा।

'मैं फरियाद लेकर बादलों के पास गया था लेकिन कुछ नहीं हुआ। बादलों ने कोई मदद नहीं की। वे बोले– 'धरती के मामलों में हम दखल नहीं देते।'

'फिर आपने क्या किया?'

'क्या कर सकता था मैं?' गेल्हा ने कहा।

'आप पुलिस में रिपोर्ट कर सकते थे।'

मेरी बात सुनकर वह खीझकर बोला– 'पुलिस-कोतवाली आदमियों के लिए है, नदी-तालाब, पेड़-पहाड़ के लिए नहीं है।'
'आपकी उससे मतलब नदी से मुलाकात होती है?'

'जब तेज बरसात होती है, तभी मिलने का अवसर होता है। मैं जाता हूँ, वह अब बोलती नहीं है। डबडबाई हुई आँखों से मुझे देखती रहती है। मैं उसकी पीड़ा महसूसता हूँ, परन्तु कुछ कर नहीं सकता हूँ।'

'ओह।'

मैं बहुत दुःखी हो गया, रह-रह कर पछतावा हो रहा था कि यह सवाल मैंने उससे क्यों पूछा? उसे लौट जाने का मैंने अनुरोध किया, वह मान गया। आकाश में जोर की सनसनाहट हुई। मैं समझ गया गेल्हा गाँव के लिए लौट पड़ा है।

पूरब से ठंडी हवाएँ आ रही थीं। आसमान काले बादलों से आच्छादित था। रह-रहकर बिजली चमकती और बादल गरज उठते। किसी भी क्षण बारिश शुरू होने का अनुमान हुआ। मैं तेजी के साथ कदम बढ़ाकर घर पहुँच गया।

घर में दाखिल होते ही बरसात शुरू हो गई।

दिन की उमस भरी गर्मी से राहत मिली। घर की बन्द खिड़कियों को खोल दिया गया। रिमझिम फुहारों की मधुरिम संगीत सुर लहरियों को लेकर यत्र-तत्र विचरती हवाएँ भीतर आने लगीं। शीतल हवाओं के असर से शीघ्र ही घर ठंडा हो गया। मुझे गेल्हा की चिंता हो रही थी, 'रास्ते में होगा, भीग गया होगा, बेचारा।'

अपनी समझ पर हँसी उठी, 'अरे! वह तालाब है, भीगना तो उसे पसंद है, वह सदैव पानी रखता है, पानी उसका जीवन है। वह खुश हुआ होगा।'

घर के भीतर से ही मैंने बादलों से प्रार्थना की, हे मेघराज! आप नदी-तालाबों के निकट जाकर गरज-चमक कर जोर-शोर से बरसो। ये शहर है, यहाँ पानी की जरूरत कम है।

*****

डायरी का छठा पन्ना

मुझे नींद नहीं आ रही थी, फिर भी मैं परेशान नहीं था। मेरी आदत है, ऐसी रातें मेरे हिस्से में बहुत आयी हैं। यह सोचकर मन को तसल्ली दे लेता हूँ,

'मैं रात्रि जागने वाला कोई अकेला तो नहीं। वह भी जागता होगा जिसके बच्चे को ग्लूकोज या खून चढ़ाया गया होगा, और वह एक-एक बूंद को नसों में प्रवेश करते हुए देखता बैठा होगा। नर्स समझाकर सो गयी होगी। वह भी जागा हुआ रहता है जो यात्रा में होता है। एक आँख से वह अपने सामान की निगरानी करता चलता है। रोज सोना कोई जरूरी भी तो नहीं।'

'रात्रि दो दिलों को मिलाती है, दो जवान दिल एक साथ एक लय-गति से धड़कते हैं, आँखें संवादरत होती हैं, ये भी तो जागरण के पल होते हैं। जागरण के पल कभी दुखद कभी सुखद होते हैं। किसको क्या हासिल होता है, मुकद्दर की बात है।'

बीमारों की सेवा, रेलयात्रा, शादी विवाह आदि का रतजगा एक मोहक दृश्य आँखों में भरकर जिंदगी के सफर में चलता रहता है। यह अतीत के देखे और जिये हुए लम्हें हैं। रातें ऐसी भी आतीं हैं जब अतीत की स्मृति में रातें छोटी पड़ जाती है। अतीत के धुंधलके पन्नों को पढ़ते हुए रात्रि का जागरण किसी महोत्सव से कम नहीं होता है। एकान्त में लीन वही रह सकता है जो खुद के साथ ईश्वर की बनाई संरचना को प्यार करता है। रात्रि जागरण अच्छा नहीं माना गया है लेकिन एकांतिक रात्रि में ही ज्ञान विज्ञान, दर्शन, खगोल और साहित्य-संगीत के अजूबे प्रकट हुए हैं।

महीयसी महादेवी वर्मा के जीवन मे ऐसी रातें बहुत आयी होंगी, वे कभी भी परेशान और विचलित नहीं हुईं। वे नींद में डूबे हुए लोगों से कहती है- 'चिर सजग आंखें उनींदी आज कैसा मस्त बाना, जाग तुझको दूर जाना।' ऐसे सकारात्मक संदेश रात के एकांत में ही शब्दाकार होकर कागज पर उतरते हैं।

मुझे हॉस्पिटल में रहने का पुराना अनुभव है, जहाँ रातें जागरण में व्यतीत हुई हैं। हालांकि अपने इलाज के लिए कभी भर्ती नहीं हुआ हूँ। वर्ष 1990 का साल था। सितंबर महीने की सत्रह तारीख को माता जी को हॉस्पिटल में इलाज के लिए भर्ती कराया गया था। दो-तीन दिन की जाँच-पड़ताल से पता चला कि उनके गले में कैंसर है, जो आखिरी स्टेज पर है।

मुझे बहुत कड़ुआ अनुभव है। हॉस्पिटल में रात्रि रुकने की मेरी ड्यूटी होती थी। रात्रि में वह सोती नहीं थी, जोर से उसे खांसी उठती थी। खाँसी से निजात मिलने पर गले में असहनीय पीड़ा होती थी। मैं दौड़कर नर्स के पास जाकर बताता। नर्स मुझे डाँट देती- 'तुम लोगों ने साँसें लेना मुश्किल कर दिया, अभी-अभी राउंड मारकर बैठी हूँ, मैं क्या करूँ? सुबह ड्यूटी डॉक्टर से बोलना।'

मेरे पास नर्स की बात का जवाब नहीं होता था। सोचता, यह भी ठीक कहती है। इसकी तकलीफ भी माता जी जैसी है। इसे भी साँस लेने में मुश्किल है। मुझे साँस लेने में इसका सहयोग करना चाहिए। मैं हारे हुए सैनिक की तरह सर झुकाए हुये माँ के बिस्तर से थोड़ी दूर आकर खड़ा हो जाता था। माता जी यह समझती थीं कि मेरा बेटा डॉक्टर के पास गया है। गोली लेकर आता होगा। यह रोज रात की बात होती थी। मैंने दर्दनाशक गोली मेडिकल स्टोर्स से खरीदकर जेब में रख ली थी। कुछ देर खड़े रहने के बाद नजदीक जाता और एक गोली खिला देता। ताज्जुब की बात होती थी, गोली निगलते ही उसकी पीड़ा कम हो जाती और वह सो जाती थी।

मुझे आज तक उस करिश्माई गोली पर आश्चर्य है। वह तो साधारण बदन दर्द में इस्तेमाल की जाती थी। एक रात उसने बताया- 'आज तबियत ठीक लग रही है। और भी बात हुई, घर के सभी सदस्यों, गाँव के लोगों, रिश्तेदारों के विषय में पूछा। मुझसे यह भी कहा- 'घर में तुम सबसे अधिक समझदार हो, परिवार को जोड़कर रखना।'

उसने एक छोटी लेकिन बहुत बड़ी कहानी सुनाई थी- 'एक आदमी था, जो हमेशा गाँव वालों के हर जरूरत पर

पहुँचकर अपना योगदान देता था। गाँव में उसका बड़ा मान सम्मान था। अचानक किसी कारण से उसने आना-जाना, मिलना-जुलना बन्द कर दिया गाँव के लोगों से खुद को अलग कर लिया।

ठंड की एक रात में गाँव के एक सयाने आदमी ने उससे मिलने का मन बनाया। वह उस आदमी के घर गया और पाया कि बोरसी में जलती हुई लकड़ियों की लौ के सामने बैठा आराम से वह आग ताप रहा है।

सयाना व्यक्ति भी वहीं जाकर बैठ गया। दोनों में कोई बातचीत नहीं हुई केवल आग की लपटों को ऊपर तक उठते हुए दोनो देखते रहे। कुछ देर के बाद उन अंगारों में से एक जलती हुई लकड़ी को किनारे रख दिया और शांत बैठ गया। कुछ देर में वह लकड़ी जो अब तक आँच के साथ प्रकाश भी दे रही थी, धुआँ उठाकर बुझ गई।

इतना कहकर वह चुप हो गयी। मैं ध्यान से सुन रहा था, तत्काल पूछा- फिर क्या हुआ?

'अब क्या बचा होने को, कहानी खत्म हुई।' उसने धीरे से कहा।

मैं अब समझ गया हूँ उस कहानी का मतलब, 'अकेले व्यक्ति का कोई अस्तित्व नहीं होता, साथ मिलने पर ही वह चमकता है और रोशनी बिखेरता है। अकेला होते ही वह लकड़ी की भाँति बुझ जाता है।' उसने परिवार को जोड़े रहने की नसीहत दी थी। मैंने बहुत कोशिश की किन्तु परिवार को टुकड़ों में विभाजित होने से नहीं बचा सका।

उसके चुप होते ही मैं बेड के नीचे दरी बिछाकर पड़ गया, लेकिन सोया नहीं। रात्रि के करीब दो बजे वह उठकर बिस्तर में बैठ गई। मैं तो जाग ही रहा था तुरंत उठकर खड़ा हो गया और कारण पूछा। उसने जो बताया वह आज तक समझ नहीं पाया हूँ, कि वह क्या था, जो उसने देखा और मुझे बताया- 'मैं ठीक से सोई नहीं थी। चार लोग थे, सिर नहीं था किसी में, वे मुझे पकड़ कर कहीं ले चलने की बात कर रहे थे।'

वह बहुत डर गई थी। मैंने एक गिलास पानी पिलाकर समझाया, 'बुरा सपना देखी होगी।'

किसी तरह से रात बीती, सबेरा हुआ। दस बजे राउण्ड में डॉक्टर आये और कमला नेहरू हॉस्पिटल प्रयागराज के लिए माँ को रेफर कर दिए। ठीक तीसरे दिन उनकी मृत्यु प्रयागराज में हो गई। मृत्यु को मैंने बहुत नजदीक से देखा और महसूस किया है।

जीवन में दुःख का आना-जाना लगा रहता है। बड़े से बड़े समर्थ व्यक्ति के जीवन में भी दुःख आते हैं। दुःख का निपटारा कैसे किया जाए? एक फॉर्मूला बनाया हूँ– 'प्रथम, दुःख को सह लें, दूसरा, दुःख को समझ लें और तीसरा, दुःख को सुलझा लें।'

यह कोई सहज नहीं है। दूसरे को उपदेश करने के निमित्त ठीक हो सकता है। तकलीफ तो वही महसूसता है, जिसके सिर ऊपर दुःख का पर्वत टूटकर गिरता है।

मैं एक रात्रि में जितने करवट कुदरत से मिलते हैं उनका उपयोग कर चुका था। मुझे कोई परेशानी नहीं, फिर भी नींद नहीं, ऐसा क्यों? उत्तर तलाशना चाहिए यह सोचकर चुपके से दरवाजा खोलकर बाहर आ गया। पानी की फुहारें आसमान से अब भी धरती का आँचल भिगोने में लगी थीं। घर के बाहर खुली और शांत सड़क पर मुहल्ले के कुत्ते अठखेलियाँ करते हुए गश्त मार रहे थे। मुझे गीले मौसम में उनकी मस्ती देखकर आश्चर्य हुआ। मुझे अपनी कौम पर शर्म आई– 'हे मानव, सर्वसुविधायुक्त मकान में खुद को बन्द कर भी खुद को असुरक्षित मान रहा है, कुछ घण्टों की नींद के लिए इतना परेशान क्यों है? आएगी जब आना होगा, जब उसकी मर्जी होगी।'

मुझे बाहर बहुत अच्छा लगा। विद्युत पोल में लगी ट्यूब लाइट प्रकाशित थी। आकाशीय जल बूंदे उस प्रकाश से नहाकर धरती में आती हुई मोहक लगी थीं। कुछ देर खड़े रहकर उन्हें निहारता रहा। पत्नी को मेरे बाहर आने की सूचना कैसे मिल गई, यह नहीं मालूम। वे बाहर निकल कर मुझसे पूछीं, मध्य

रात्रि में बाहर निकल कर क्या कर रहे हो?

इस प्रश्न का उत्तर मेरे पास नहीं था, बिना कुछ कहे आकर लेट गया। उनके सवाल अभी और थे, किंतु की नहीं, बल्कि सुझाव आया- 'किसी डॉक्टर को दिखा लो।'

'क्यों?' मैंने पूछा।

'नींद में चलना-फिरना अच्छा नहीं होता है। अच्छी बात रही, गेट में ताला बंद है, वरना- राम जाने।'

'राम क्या जाने? क्या-क्या राम जाने?' जब हमारी जानकारियों की हद आ जाती है, तब सारा बोझ राम के सिर में रखकर सोचना बन्द कर निठल्ले बैठ जाते हैं। यह कदापि उचित नहीं है। मैं ऐसा नहीं करता, राम मेरे आराध्य हैं, उन्हें कोई काम सौंपते हुए मुझे संकोच होता है।

पत्नी ने पुनः पूछा- 'बोलते क्यों नहीं?'

जम्हाई लेकर मैंने बताया- 'नींद आ रही है।'

मेरा यह झूठ उनको आश्वस्त नहीं किया होगा, अच्छी तरह जानता हूँ। वे मुझे जानती हैं, मेरी आदतें जानती हैं, मेरी जरूरतें जानती हैं। इतना ही नहीं मेरी हर इच्छा का सम्मान और आदर करती हैं। माँ जितना पुत्र को जानती है, उतना ही पत्नी अपने पति को जानती है।

मेरे पिता जी कहा करते थे कि सच्चाई बतानी चाहिए। मैंने सच्चाई छिपाई है। मैं बहुत झूठा हूँ, खुद के दुख-विपत्ति, भूख-प्यास के विषय में किसी को कुछ नहीं बताया है, पर अब ऐसा नहीं होगा, गेल्हा से सब कुछ बताऊँगा। अब मुझे निद्रा देवी का आह्वान करना चाहिए, सुबह उठकर कॉपी का छटवाँ पन्ना पढ़ना होगा।

भोर की आहट पाकर बिस्तर छोड़ दिया, हाथ जोड़कर परम पिता ईश्वर का धन्यवाद किया। नित्य क्रिया उपरांत रोज की तरह हाइबे में जोर-जोर से चलने लगा। शीतल प्राणवायु का स्पर्श पाकर तन-मन खुश हुआ। एक किलोमीटर तक चलना हुआ ही था कि एक कार पीछे से आकर मेरे समानांतर रुक गई।

कार के ड्राइवर ने सीसा खोलकर मुझसे पूछा– 'शहडोल जाने का यही मार्ग है?'

'नहीं।'

'व्हाट?' यह किसी महिला की आवाज थी।

'देखिए, गाड़ी की स्पीड ज्यादा है। इसलिए आप लोग भटक गये हैं। कोई बात नहीं दो किलोमीटर आगे जाइये, दायें घूमकर दो किलोमीटर और चलिए शहडोल जाने वाली सड़क मिल जायेगी।' मैंने बताया।

'यू मीन टू केम स्ट्रेट, देन राइट टर्न, देन टू केम स्ट्रेट, ओक्के।'

हाँ जी, कहकर मैं आगे बढ़ गया। कार भी चली गई।

सोचता हूँ– 'हमारे हृदय की अभिव्यक्ति का लालित्य क्यों विलुप्त हो गया?'

'मानव में आत्मीयता जगाने वाले सम्बोधन कहाँ गए?'

'कौन है हमारी हृदय की बोली की मिठास का हत्यारा?'

'कौन जिम्मेदार है इसके लिए?'

गम्भीरता से मनन करें तो उत्तर दूर नहीं, घर में, पास पड़ोस में मौजूद है। अंग्रेजी माध्यम से बच्चों को शिक्षा दिलाने में माता-पिता आज अपनी शान समझते हैं। अच्छी बात है, मैं अंग्रेजी माध्यम से शिक्षा प्राप्त करने का विरोध नहीं करता हूँ, बल्कि समर्थक हूँ। केवल एतराज है मॉम, डैड, अंकल-आंटी से। ये सम्बोधन बंजर हैं, इनमें रिश्तों की फसल कभी नहीं उगेगी। कल को आपकी संतान गर्लफ्रैंड/ब्वॉयफ्रैंड के साथ आपको तिस्कृत कर अन्यत्र रहने चली जाये तो उसे दोष मत दीजियेगा। आप खुद दोषी हैं। आप अंग्रेजी माध्यम के स्कूल में प्रवेश दिलाकर निश्चिंत हो गए। संस्कारो की शिक्षा के साथ रिश्तों से मुलाकात कराने की जिम्मेदारी आपकी थी, जो किये नहीं। परिणाम यह हुआ, पिता जी डैड हो गए, माता जी मॉम, बाकी चेहरे अंकल-आंटी।

पश्चिम के मुल्कों में हमारे यहाँ जैसी परिवार-व्यवस्था नहीं है। परिवार का अर्थ पति-पत्नी और एक बच्चा, वह भी छात्रावास में। उनके निमित्त यह कल्पना करना कठिन है कि दो सगे भाईयों के परिवार साथ-साथ रह सकते हैं। ऐसी परिवार व्यवस्था भारत में अभी है। हम उनकी नकल नहीं कर सकते, हमें चाचा-चाची, ताई-ताऊ, दादा-दादी, मामा-मामी, नाना-नानी के अस्तित्व को बचाये रखना है।

अंग्रेजी में रिश्तों के सम्बोधन कम है। इसलिए उन्होंने अंकल, आंटी, ग्रैंड मदर, मदर एवं फादर इन लॉ, ब्रदर एवं सिस्टर इन लॉ में सबको समेट दिया है। हिंदी में ऐसी समस्या नहीं है, परन्तु सबसे ज्यादा समस्या हिंदी भाषियों को ही है। वैसे भी परिवार दिन-ब-दिन फैशन के कपड़ों की तरह छोटा हो रहा है। जिसके कारण चाचा, ताऊ और मौसी जैसे रिश्ते लुप्त हो रहे हैं। इन्हें बचाये रखने का मात्र एक ही उपाय है, 'अपनी भाषा को जीवित रखना।' भाषा जीवित रहेगी तभी ये संबंधी भी जीवित रहेंगे।

वरना चार-छह पीढ़ी बाद लोग भूल जाएंगे कि चाचा, मामा आदि भी कभी होते थे। इसलिए हम बच्चों को बताएं कि वे घर आने वालों को उनकी आयु के अनुसार चाचा, ताऊ, बाबा, दादी तथा अपने ननिहाल की ओर संबंध रखने वालों को मामा, मौसी आदि से सम्बोधित करें।

बच्चों को अंग्रेजी स्कूल में पढ़ने भले भेजा जाए लेकिन घर पर उन्हें अपनी भाषा-बोली द्वारा भारतीयता के संस्कार दें। गाय को काऊ, कुत्ते को डॉग, पानी को वाटर कहना मत सिखाइये, यह वह भाषा सिखाएगी, जिसके शब्द हैं।

मुझे याद नहीं कब तक सड़क में खड़ा हुआ सोच-विचार करता रहा। आम के पेड़ से पत्तो की खड़खड़ाहट सुनकर सोचने का सिलसिला टूट गया, एक गरजदार आवाज सुनकर चौंक गया- 'अरे यह तो गेल्हा है।'

'क्या सोचते हुए खड़े हो?'

'वो काला चश्मा वाली मैम'

बात पूरी करने से पहले वह हँसकर बोला- 'उससे दिल लगा बैठे हो?'

'आप भी, अच्छा मजाक करते हो। मैं उसकी बोली पर गुस्सा हूँ।'

'कोई जरूरत नहीं, तुम्हारी या किसी अन्य की सोच पर समाज नहीं बदलने वाला है। तुम अपने कर्तव्य का निर्वाह ईमानदारी से करते चलो बस- इतना बहुत है। याद रखो मुलाकात के फेरे, जज्बात के घेरे, सौगात के बसेरे, चैन हड़प लेते हैं, इनसे दूर रहो।'

'मुझे क्या करना चाहिये?' मैंने पूछा।

'सीधे घर जाओ।'

गेल्हा मुझे दिखाई नहीं देता है। आवाज सुनकर उसे पहचान लेता हूँ। मुझे पूरा भरोसा हो गया था कि गेल्हा मेरा सच्चा हितेषी है। गलत कदम पड़ते ही मुझे सावधान करेगा। घर लौटकर आ गया था। सूर्यदेव रथ में सवार होकर संसार को धूप और प्रकाश बाँटने के लिए चल पड़े थे। छठवाँ पन्ना लेकर धूप में बैठ गया। इस पन्ने के अनुरेख अब तक देखे गए अन्य पन्नो की तुलना में ज्यादा स्पष्ट थे। गेल्हा की चकली मेड़ काटकर खेतों को पानी ले जाया जा रहा था। मेड़ पर लगे हुए पेड़ उदास लगे, पेड़ों में बैठे हुए परिंदे चिंता जाहिर कर रहे थे। भोर के बेला में खिलने वाली कुमुदनी आधी ही खिली दिखाई पड़ी। कमल-दल सिकुड़ कर सम्पुट बना लिए थे।

तालाब की सतह से करीब सौ फीट ऊपर एक बोलती हुई मुखाकृति को देखकर अनुमान से पहचान गया, यह गेल्हा है। पशु-पक्षियों, पेड़ों और जलजातों को वह जरूर समझाया होगा कि, फिक्र मत करो। पानी बहुत है, खेत सूखे हैं, उन्हें सींचने के बाद भी पानी बचा रहेगा। पन्ने के नीचे के हिस्से को अब देख पा रहा हूँ। यह अभी हथेली से ढँका हुआ था। पानी की सफेद पतली लकीर तालाब और नदी को आपस में मिला रही थी।

मैं आशय समझकर चौंक गया। सीना चीरकर गेल्हा अपनी प्रेमिका सन्नई से मिलने गया हुआ है। यहाँ पर दो धुँधली मुखाकृति नजर में आई। मैं समझ गया- 'गेल्हा! तुम धरती को सींच रहे हो, जलजातों को समझा रहे हो और अपनी प्रेयसी से मुलाकात भी कर रहे हो। वह तुम्हारे जल को खेतों की तरफ आता हुआ देखकर जोर से आवाज लगाई होगी। उस आवाज को कैसे अनसुनी कर सकते हो? तुम्हारे कदम बढ़ चले होंगे, बेकरार प्रेयसी से मिलने को।'

इतिहास के पन्नो को पलटने पर कुछ प्रेमियों का जिक्र मिलता है। प्रमुख हैं, भागमती-कुतुबशाह, रानी रूपमती-बाज बहादुर, रजिया सुल्तान-जमालुद्दीन, बाजीराम-मस्तानी, पृथ्वीराज-संयुक्ता, मुमताज-शाहजहां, मूमल और महेंद्र, अशोक-कौरवकी, और बहुत से प्रेमी युगल हैं, जिनकी दास्ताँ इतिहास के पन्नों में दर्ज हैं। मेरा मकसद इन प्रेम प्रसंगों को विस्तार देना नहीं है। लैला-मजनू, रोमियो जूलियट और शीरीं-फरहाद मुहब्बत की ऐसी अमर दास्तान हैं, जिन्हें पढ़कर आंसुओं की धार फूट पड़ती है।

गेल्हा और सन्नई की मुहब्बत भी इतिहास में लिखी जानी चाहिये। मुहब्बत किसी की कम नहीं होती है। यह जरूरी है, ताकि दुनिया को पता चले, कि हमारे यहाँ इंसान तो क्या? पेड़-पौधे, नदी-तालाब, पर्वत-पहाड़, पशु-पक्षी सभी मुहब्बत करते हैं। सभी का दिल एक-दूसरे के लिए धड़कता है।

मैं गेल्हा की महानता और मुहब्बत को सल्यूट करता हूँ। गेल्हा बहुत बड़ा प्रेमी है, सदैव हित सोचने वाला मित्र है। वह अपनी प्रेयसी सन्नई के साथ मिलकर संसार से एक ही आग्रह कर रहा है, 'सब सोचना बंदकर सिर्फ प्रेम करो, खुद से खुदा से और उसकी खुदाई से। यही जीवन का असली सार है, सिवा इसके कुछ नहीं।'

*****

डायरी का सातवां पन्ना

तारीख 26 जून 1998, बाउंड्री वॉल से अंदर छोटा मन्दिर तैयार करवाकर सत्य और शक्ति के प्रतीक शिव-पार्वती को समादर पूर्वक गुरू जी आदरणीय राशिरमन जी, सुस्थापित कराये थे। तब से हर साल इसी तारीख को शंकर जी का अभिषेक होता है। आज सुबह ही पण्डित जी विधि-नियम से भोलेनाथ का अभिषेक करा दिए हैं। मन्दिर के सामने बैठकर शिवलिंग को और ठीक ऊपर विराजमान माता पार्वती को निहार रहा हूँ।

यह मेरा दृढ़ भरोसा है कि मन्दिर में जितनी भी मूर्तियाँ हैं, सभी में उनकी शक्तियों का अंश समाहित हैं। मेरी आलोचना हो सकती है, नकात्मक प्रश्न हो सकते हैं। सबका जवाब है मेरे पास, किन्तु इसमें समय जाया न करते हुए यही कहूँगा, 'प्रत्येक मन्दिर, जहाँ नित्य पूजा होती है, घड़ियाल, शंख बजाए जाते हैं, हवन होते हैं, भजन कीर्तन होते हैं, उस जगह से सकारात्मक ऊर्जा का उत्सर्जन होता है। यह ऊर्जा बहुत शक्तिशाली होती है। इसे पवित्र मन से ग्रहण कीजिए। यही आपकी शक्ति है, यही देवता का आशीर्वाद है।' यह आशीर्वाद जीवन की कठिनाइयों से आपको सुरक्षित निकलने का रास्ता दिखाएगा। मैं वह बातें नहीं कहूँगा जो किताबों में लिखी हैं, वेद-पुराणों में लिखी है, जिनका आश्रय लेकर बातों की खेती करने वाले लोग जीविकोपार्जन करते हैं, क्योंकि मेरे पास उस स्तर का न तो ज्ञान है, न अध्ययन है, न वाक्चातुर्य है। मैं सिर्फ वही कहूँगा जो मेरा अनुभव है। एक छोटी सी दास्ताँ सुनाता हूँ, कोई यकीन करे या न करे किंतु यह देव कृपा ही थी।

मई 2004 का साल, बड़ी बेटी को बिदा कराने मेरे दोनों बच्चे अत्यंत करीबी लोगों के साथ किराए की मैक्स गाड़ी में चित्रकूट जा रहे थे। सतना से बारह किलोमीटर पहले तेज गति से आ रहे भारवाहक से मैक्स की भिड़ंत हुई। कई बार पटलने के बात गाड़ी खेत में जाकर रुक गई। इस दुर्घटना में हल्की-फुल्की खरोंच के अलावा किसी को चोट नहीं आई।

पाँच किलो लड्डू जो पीतल-पात्र में थे, वे यथावत रहे। गाड़ी का हुलिया बिगड़ गया था।

यह सब क्या था? तनिक गम्भीरता से विचार कीजिए और उस परम शक्ति का दिल से धन्यवाद कीजिए।

मुझे गेल्हा से प्राप्त सातवें पेज को भी देखना-समझना है। उस पर बने रेखचित्रों को परिभाषित करना है। यह सोचकर उठा ही था कि बाहर से बंटी की आवाज सुनाई पड़ी। गेट खोलकर उसे भीतर बुला लिया। वह फर्स पर उकड़ूँ बैठ गया, कुर्सी पर बैठने को कहा गया, वह बैठा नहीं। मैंने पहली बार देखा है, जब किसी ने कुर्सी का तिरस्कार किया है। वरना यह समय ऐसा है कि एक कुर्सी पर सैकड़ा भर लोग बैठने की कोशिश करते हैं। कुर्सी के लिए लड़ते हैं। मार-पीट करते हैं। खून-पसीना बहाते हैं। शक्ति प्रदर्शन होता है, इस कोशिश में किसी के हाथ तो किसी के दाँत टूटते हैं। मुझे लगता है, आज की तारीख में जितने भर लोग कुर्सी पर बैठे हुए नजर आ रहे हैं, उनमें से अधिकतर कुर्सी की खींचतान में शारीरिक एवं मानसिक तौर पर विकलांग हो गए हैं।

बंटी उनमें से नहीं है। वह गाँव का खेतिहर मजदूर, मेहनती, ईमानदार, सत्यनिष्ठ, दादू ठाकुर का सेवक है। मैं जानता हूँ उसने जरूरतों और इच्छाओं को अपने काबू में कर लिया है। अब वह धरती माता की गोद से उठकर कुर्सी पर नहीं बैठेगा।

'कैसी हो बंटी?' मैंने पूछा।

वह बोला नहीं, सिर पर जकड़ी तौलिया उतार कर चेहरे से चुहचुहा आये पसीने को हटाने लगा। सिर के बाल छोटे थे, जैसे पखवारे भर पहले मुंडन कराया हो। आँखें लाल किये हुए वह घर और भोलेनाथ के मंदिर का मुआयना करता हुआ बैठा रहा।

'क्या देख रहे हो?' मैंने पुनः पूछा।

'घर सुंदर है, चाचू!'

'अच्छा लगा?'

'हाँ।'

'चलो भीतर बैठें, उमस ज्यादा है, कूलर चला देंगे।'

'न-न, इते अच्छा लागि रहा है।'

मेरा यह अनुरोध भी मंजूर नहीं हुआ। मुझे मालुम है, जिसे दरख्तों के पत्तों से निकली हरी-हरी ठंडी हवा मिली है, वह कृतिम हवा और ठंडक पैदा करने वाले उपकरणों को तरजीह नहीं देगा।

'चाचू, ठाकुर दादू नहीं रहे।' सिर में हाथ फिरकर वह बोला।

'क्या?'

उसने बिना सावधान किये हुए तोप दाग दी थी, जिसकी मात्र गर्जना से ही मेरा अस्तित्व किरचा-किरचा, यत्र-तत्र विखर गया। ठाकुर दादू को देखने-मिलने और बातचीत करने का मेरा सपना टूट चुका था। बहुत इच्छा थी उनको जानने-समझने की। मैं इतना पास रहते हुये भी उनसे मिलने जा नहीं सका था। ये मेरे आलस्य का प्रतिफल है। उनके बारे में बहुत सुना था। वे हर किसी के दुख-सुख में शरीक होने वाले इंसान थे। वे बड़ी शख्सियत के मालिक, मददगार और परोपकारी प्राणी, रुतबा ऐसा कि फरियाद सुनकर यथोचित फैसला सुनाते थे। उनकी बात कहीं लिखी नहीं जाती थी किन्तु अनुपालन सुप्रीमकोर्ट के फैसले की तरह होता था।

'ये सब कैसे हुआ? कब हुआ?'

वह बताने लगा- 'बो शाम को गाँव तरफ से घूम के लउटे थे। दालान में चुपचाप आकर बैठ गये। हम पूछे तो बताए ठंडी लगबे है। फिर कम्बल ओढ़ के पड़ गये। रात बियारी नहीं किये, सबेरे डाकदर आइके चेक किहिस। बोखार रहा उनहीं, छाती जकड़ी-जकड़ी बताबत रहे। दबा-दारू हफ्ता भर चला, नौमे दिन ऊ हमहीं छोड़के।'

वह सुबगने लगा था, उसे पानी पीने को दिया गया। पानी पीकर वह सामान्य हुआ तब मैंने पूछा- 'करोना चेक हुआ था?'

'हम का जानी चाचू, पढ़े-लढ़े नाहीं हैं। बड़े कुँवर बखरी का अस्पताल बनबाय दिहिन, शहर से डॉक्टर नर्स उनके दबा-सेबा मा रात-दिन एक कर दिहिन पै मउत बड़ी जबरा निकरी चाचू!'

'ओह, बहुत दुःखद।'

मैंने दुख जता दिया, ज्यादा क्या कर सकता था। बंटी एकटक मुझे देख रहा था। मैं समझ गया, वह चिट्ठी के विषय में जानना चाहता होगा। उसे मैंने बताया कि चिट्ठी लिख दिया हूँ, अभी लाकर सुनाता हूँ। चिट्ठी लाने के लिए उठा ही था कि वह मुझे रोककर कहा- 'न-न चिट्ठी न सुनबे हम, आप चिट्ठी दे दो, बदरी पढ़ लेगी, समझ लेगी।'

मुझे उसके पागलपन पर पुनः दुख हुआ, 'इसकी पत्नी बीस साल पहले मर चुकी है और यह समझता है, वह चिट्ठी पढ़ेगी। बात मान ली जाए तब भी उस तक यह चिट्ठी पहुँचेगी कैसे? मैं भीतर से लाकर बंद लिफाफा उसे पकड़ा दिया, इसी के भीतर चिट्ठी थी। वह उलट-पलट कर लिफाफा देखता रहा। चेहरे से वह अब खुश लग रहा था।

'पूछोगे नहीं, क्या लिखा है?'

'कइसी बात करत हो, ई पूछय बाली बात नाहीं है।' शर्माते हुये बंटी बोला।

'कुछ खाओगे?' मैंने पूछा।

'परसाद दे दो चाचू! आज पूजा भई है, मन्दिरिया मा।'

पलेट में उसे प्रसाद दिया गया। रोट-पंजीरी, लड्डू एक बड़ा सा आम। वह पालथी मार कर प्रसाद खाता रहा, मैं देखता रहा। प्रसाद खाने के बाद वह चलने को तैयार हुआ, मैंने कहा, 'दोपहर का भोजन कर के जाना।'

वह नहीं माना, तब मैंने पूछा, 'कहाँ जाओगे?'

मेरे प्रश्न का कोई उत्तर न देकर वह पैरों के आगे गिरकर बोला- 'धनिबाद चाचू।'

मैंने पूछा- 'किस बात का?'

वह भावविभोर होकर बोला- 'बदरी को चिट्ठी आप लिखबे हो, इत्ता बड़ा काम आप किहे हो, कोनब नाहीं कई सकत। हम बदरिया का बतौबे, तोर चाचा ससुर बहुत बड़े लिखनची हैं। ऊ आपके गोड़े गिरी, आप मोरी तरह ओखरे भी आशीष देना चाचू!'

'तुम पागल तो नहीं हुए?'

वह मेरे प्रश्न पर हँसा था। मतलब देर से समझ पाया हूँ, वह बिल्कुल पागल नहीं था, पागल तो मैं था। बदरी को मुझे आशीष देना चाहिए। आशीष का भंडार है मेरे पास, आप सभी से मिले आशीष और स्नेहाशिर्वाद सुरक्षित रखा हूँ। इसी भंडार से थोड़ा सा हिस्सा ही तो चाहिए बदरी को। मैं जरूर दूँगा।

वह खुले आकाश को निहार रहा था। कुछ देर पहले नीले आसमान में इधर-उधर भागते हुए बादल के छौने मटरगश्ती करते हुए देखे गए थे। अब वे संगठित होकर गरज-लपक रहे थे। बंटी मुझसे बोला- 'अब चलबे हम।'

'रुको अभी, बारिश होने का अनुमान है। भीग जाओगे, चलो बरामदे में चलकर बैठो।' मैंने समझाया।

वह मान गया लेकिन वह वहीं बैठा हुआ आसमान से धरती पर आती जल-बूँदों को एकटक निहारता रहा। अधिक बरसात नहीं हुई। वह फिर से सिर में पगड़ी बांधने लगा। मैंने पूछा- 'तुम कहाँ जाओगे?'

'बहिन के घर जाबे, झिरिया- ऊ बेमार हबै, सोचेन मिलि आई।'

'अच्छी बात है।' मैंने कहा।

'उधर, मतलब दादू ठाकुर के घर में अब कौन हैं?'

'नाहीं जानत, हम बड़े कुँवर का बताय के बखरी अउर गाँव छोड़ दिहिन।'

'यह क्या किया तुमने?' मैंने कहा।

'चाचू! ठाकुर दादू के साथ मोर काम खतम।'

मैंने कुछ कहा नहीं, अगर कुछ पूछता तो वह रो पड़ता। वह चुपचाप मन्दिर को देखता रहा, फिर अचानक उठकर चल पड़ा। मैंने उसे रुकने को कहकर भीतर गया और पाँच सौ का एक नोट लाकर उसे दिया। नोट कमीज की जेब में रखता हुआ वह बोला- 'चाचू, बौत बड़े दिल के हो, ठाकुर दादू जैसन, चिट्ठी लिखी अउर बदरी के घर तक पहुँचन का किराया भी दिया- अब तुम्हरा बंटी जिहाज मा उड़ के जई।'

उसकी बात समझने की कोशिश कर ही रहा था कि वह चल पड़ा। मैं उसे दूर तक जाता हुआ देखता रहा। मैं उसे रोकना चाहता था किंतु बहुत तलाशने के बाद भी शब्दागर से वह वाक्य नहीं मिला जिसके कह देने से जाता हुआ व्यक्ति ठहरकर एक नजर कहने वाले के ऊपर डाल दे। आज मैं और मेरे भीतर का लेखक पराजित हुआ था, बंटी जैसे साधारण मजदूर को जाने से मैं नहीं रोक सका। बंटी मेरे लिये किसी अजूबा से कम नहीं था। उसी के विषय में सोचता हुआ घर के अंदर आ गया।

मुझे देखते ही पत्नी पूछा- 'बो गया?'

'हाँ, चला गया।'

'अच्छा हुआ, कैसे-कैसे पागलों को घर बुलाते हो?'

उनकी बात मुझे बुरी लगी, लेकिन यह सोचकर चुप रह गया कि जुबान से कठोर शब्द न निकल जाएं। चुप रहना भी कभी-कभी बहुत बड़ा उत्तर होता है, ऐसा मारक कि सवालकर्ता स्वयं अपने किए सवाल के औचित्य पर संदेह करने लगता है। कब बोलना है? कब चुप रहना है? निर्णय स्वयं लेना चाहिए। किसी के कहने या उकसाने से बोलने या न बोलने का निर्णय कदापि ठीक नहीं है। जो ऐसा करते हैं, उनसे बड़ी चूक हो जाती है। जहाँ चुप रहना होता है, वहीं बोल जाते हैं और जहाँ बोलना जरूरी होता हैं वहाँ नहीं बोलते हैं।

मुझे दिन भर बंटी की याद आती रही। दिन भर किसी काम में मन नहीं लगा। सातवें पन्ने को देखा तक नहीं। शाम को मन में हुआ कि हाईकोर्ट के न्यायाधीश हनुमान जी के

मन्दिर चला जाए। मैं मन्दिर आ गया हूँ, दर्शन उपरांत तालाब को सम्मानपूर्वक प्रणाम किया और चबूतरे पर आकर बैठ गया। इस मंदिर में अद्भुत शांति रहती है। आधे घण्टे तक बैठा रहा। मन में व्याप्त मायूसी की लकीरें मिट गईं, रिक्त हुई जगह प्रसन्नता से भर गई। वापस लौटने को उठकर तैयार हुआ ही था कि तालाब तरफ से हवा का एक झोंका आया। मैं संकेत पहचान कर खुश हुआ। यह गेल्हा के आगवन का संकेत था।

'आ गये?'

'मैं सुबह का आया हूँ, जब तुम रुद्राभिषेक कर रहे थे।'

'बताए क्यों नहीं?'

'तुम्हारे और बंटी के बीच का संवाद जरूरी था।'

'बंटी चला गया, दादा। वह पागल हो गया है। मुझसे वह अपनी मृतक पत्नी के नाम चिट्ठी लिखवाया है, कहता है, वह पढ़कर खुश होगी। यह कैसे सम्भव है?'

कहीं से कोई उत्तर नहीं। आसपास बारीकी से देखने की कोशिश की, परन्तु व्याप्त शून्यता के सिवा कुछ नहीं। क्या यह मति-भ्रम है? गेल्हा और मेरे बीच अभी-अभी हुई बातचीत, यह भी भ्रम है? मन्दिर से चलकर घर तरफ जाने वाली सड़क पर चलने लगा। मुझे पीछे से किसी के हँसने की आवाज सुनाई दी, मुड़कर पीछे देखा, कहीं कोई नहीं। क्या यह भी भ्रम है?

'हाँ, सब कुछ भ्रम है।' यह गेल्हा की आवाज थी।

'बढ़िया लुका-छिपी खेल लेते हो आप?' खीझकर मैंने कहा।

'अच्छा लगता है।'

'मैं परेशान होता हूँ और आपको अच्छा लगता है?'

'तुम्हारी परेशानी बंटी को लेकर है। वह कोई मामूली चरित्र नहीं है, वह टूटकर प्रेम करने वाला इंसान हैं। वह जिंदा और मरे हुए लोगों के बीच के अंतर को प्रेम रंग से भर चुका है। वह महान आत्मा है।'

'आत्मा? क्या बंटी जीवित नहीं?'

'नहीं।'

'हे भगवान! यह क्या सुन रहा हूँ? गेल्हा त्रिकालदर्शी है, यह झूठ नहीं कहता। ऐसे कैसे हो सकता है? ग्यारह बजे के लगभग वह मेरे घर से गया है।'

'कल अखबार में पढ़ लेना। मेरी राय है उसके विषय में सोचना बंद कर समय के साथ आगे बढ़ो। बंटी के साथ तुम्हारी एक और मुलाकात होगी। वह बदले हुए स्वरूप में होगा। तुम जो भी देख रहे हो, वह बदलाव की प्रक्रिया में शामिल है या बदलने वाला है, इसलिए वर्तमान को आनन्दपूर्वक जिओ। मैं चलता हूँ।'

गेल्हा जा चुका था। मेरा मन कुछ शांत हो चला था। शाम को जोरदार बारिश हुई, उमस भरी हवाएँ शीतल हो गईं। वातावरण खुशनुमा हो गया था। सोचता हूँ, गेल्हा कितना अच्छा है, मुझसे दूर रहते हुए भी मुझे परेशान देखकर दौड़ पड़ता है, समझाता है, काश! कोई मनुष्य भी इस स्वभाव का होता?

रोज की तरह रात्रि आई, कुछ खट्टे-मीठे-कसैले, नमक के स्वाद के, कुछ मिर्च की तरह के तीखे हर मिजाज के स्वप्न नींद में घोलकर आँखों में भर गई। कुछ देखे, कुछ अनदेखे हुए स्वप्नों के साथ बिहान हुआ। मैंने संकल्प लिया, गेल्हा से मिले सातवें पन्ने को देखने-समझने का काम सबसे पहले करना है। सूर्य की रोशनी में ज्योंही पन्ना रखकर देखा, तालाब के मेड़ से उठते हुये धुंए के बादलों का रेखांकन देखकर मन व्यथित हो गया। पन्ने का यही संदेश था, 'अंतिम यात्रा में ऐसे ही धुआँ उठता है। इसी के सहारे आगे की यात्रा अकेले ही तय करनी होती है। धरती पर मिलीं सारी सुख-सुविधाएं, अधिकार, सेवानिवृत्त हुए सरकारी हाकिम की तरह छीन ली जाती हैं। न हिलने-डुलने की अनुमति होती है, न मुँह खोलने की इजाजत होती है। धुआँ के साथ मिलकर धुआँ-धुआँ हो जाना पड़ता है।'

कागज के नीचे दाहिने भाग में कुछ तिरछी-कटी लकीरों को मैं समझ नहीं पा रहा हूँ। दिमाग में जोर लगाने पर जो अनुमान हुआ वह भी सुखद नहीं है, शायद गेल्हा गुस्सा में भरकर कहना चाह रहा हो, 'मेरी प्रेयसी सन्नई के हाथ-पाँव

काट डाले हो, फिर भी वह टुकड़ों में ही सही अभी जीवित है। तुममें इतनी कुब्बत नहीं है कि जान बचा लोगे। ताकतवर वक्त अपनी पैनी आरी से किरचा-किरचा काटकर तुम्हारी जान निकाल ही लेगा- देख लेना।'

*****

डायरी का आठवाँ पन्ना

आज महीने भर बाद गेल्हा का दिया हुआ आठवाँ पन्ना लेकर छत में आया हूँ। सूर्य की रोशनी में ही कागज पर उकेरे चिन्ह स्पष्ट होते हैं और आशय का अनुमान सहजता से लग पाता है। उस दिन गेल्हा का कहा सच निकला। सुबह के अखबार में रेलगाड़ी से कटकर एक अधेड़ के मरने की सचित्र खबर छपी थी। चित्र देखकर मैं पहचान गया वह बंटी था। लाश कमरे के हिस्से से विभक्त थी। शिनाख्त बहन के घर वालों ने की, जिस बहन से मिलने की बात कहकर वह गया था। उसके पास कुछ नहीं मिला था, न जेब में पाँच सौ का नोट न ही चिट्ठी का वह लिफाफा, जो मुझसे लेकर गया था।

महीने भर किसी काम में मन नहीं लगा। मेरे दुख को सिर्फ गेल्हा समझता था। वह दो-एक बार मुझे समझाया भी किंतु दुख तभी हल्का होता है जब आदमी खुद समझे। मुझे समझने में माह भर का समय लग गया। अब मैं बंटी की मृत्यु को स्वीकार कर चुका हूँ। मैं आठवें पन्ने के साथ बाकी के पन्ने भी उठा लाया हूँ। एक-एक करके सभी पन्नों को देखने लगा। सभी में कुछ न कुछ संदेश देने की कोशिश की गई थी। मैं आठवें पन्ने पर रेखित खपरैल वाली स्कूल और कतार में बैठे हुए लड़के-लड़कियाँ और पढ़ाने की मुद्रा पर खड़े शिक्षक की आकृति देखकर अनुमान लगा लिया कि वह शिक्षा के सम्बंध में कुछ कहा है। उकेरी गई अनुरेखाओं के आधार पर गेल्हा का संदेश बताने की कोशिश कर रहा हूँ। कोई भूल होने या अंश छूटने पर वह मेरा कान भी उमेठ सकता है। मुझसे बड़ा है न, बहुत बड़ा, उसका हक भी जाता है। एक चीज छूटी जा रही कहने को, पहले गाँव की मिडिल तक की स्कूल खपरैल की होती थी। फर्स कच्ची होती थी उसी को लीपापोती कर बैठने योग्य बनाया जाता था। दीवालें जरूर ईंट से चुनी गई होती थीं। ऐसे ही स्कूल में मैं कक्षा आठ तक पढ़ा हूँ।

मुझे स्कूल जाने से बहुत डर लगता था। उसकी वजह थी, गाँव के अनेक लड़के पढ़ने को दो-चार दिन ही गए, पूछने

पर मालूम हुआ कि शुरुआत की क्लास जो शिक्षक लेते हैं। उनका मुँह बाघ की तरह है, मूंछें बिल्ली की पूँछ की तरह है, उनके मुँह से खून रिसता है।

आखिर कयामत का दिन आ ही गया। साल 1965, जुलाई महीने की तारीख दस को मेरी नानी घसीटती हुई, कुछ पुचकारती हुई स्कूल तक ले गई। (मेरा जन्म और पालन-पोषण ननिहाल में हुआ है) बड़ी आसानी से मेरा नाम कक्षा एक में दर्ज कर लिया। सिर्फ मेरा नाम, पिता का नाम और जन्म होने का साल पूछा गया। मुझे पहली बार मालूम हुआ कि मेरा नाम रामानुज है। मैं नानी से पूछना चाहता था कि यह रामानुज किस बिल्ले का नाम है? हिम्मत नहीं हुई। यह सोचकर मन में बोध लगाया कि मैं ही हो सकता हूँ। गाँव के लड़कों ने मुझे पहले से बताया था कि स्कूल में नाम बदल दिया जाता है। इस नाम को मैंने बेमन से स्वीकार किया मुझे अपना यह नाम कभी पसंद नहीं आया न पहले, न आज। मुझे किसी का अनुज होना स्वीकार नहीं है, लेकिन क्या किया किया जाए। राम का अनुज लिख गया सो लिख गया, बदलाव की गुंजाइश अब न के बराबर। अब राम का अनुज बना घूम रहा हूँ, जो कहते हैं, वही करता हूँ, मेरी कोई निजी औकात ही नहीं।

एक बात और राम के विषय में बताता चलूँ- 'राम बड़ा तमाशेबाज है, दुनिया को नचाकर आनन्द लेता है, सबहिं नचावत राम गोसाईं।'

बड़ी आसानी से स्कूल में दाखिला मिल गया। आजकल के स्कूलों की तरह यदि पहले भी नियम-कायदे, बोली-भाषा होती तो इंटरव्यू में न मैं पास होता न मेरी नानी पास होती। 'व्हाट इज योर नेम?' जैसे प्रश्न पर तो मेरा पूरा गाँव फेल हो जाता।

मुझे पहली कक्षा की तरफ लाया गया। पाटी पर (लकड़ी का आयताकार टुकड़ा, जिसकी दोनो सतह चिकनी होती थी) कतार में बैठे हुए लड़के चित्र उकेर रहे थे। प्रथम गुरु के दर्शन हुए। सुनी बातें सत्य लगीं, सिर्फ मुँह से खून रिसने की बात को छोड़कर। ये असत्य था, वास्तव में वे पान खाया करते थे।

मैं उन्हें भर नजर देखने का दुस्साहस कर लिया था, जब वे बुलंद स्वर में मुझसे पूछ रहे थे- 'नाम बता।'

मेरी तकदीर अच्छी थी, नाम याद रहा, तो बता दिया।

'रोज आना पड़ेगा।'

हर हिलाकर यह शर्त मैंने स्वीकार कर ली।

'शैतानी तो नहीं करेगा।'

इस बार भी सर हिलाकर उनसे वायदा किया।

फिर वे नानी से मुखातिब हुये थे- 'अम्मा! कल से इसे साफ-सुथरा, नहा-धुलाकर स्कूल भेजना। नाखून कटे होना चाहिए, सिर के बाल छोटे।'

नानी ने भी सिर हिलाकर अपने हिस्से की शर्त मंजूर कर ली। तभी एक लड़का उनके सामने आकर खड़ा हो गया, वह क से लेकर ज्ञ तक व्यंजन लिखकर दिखाने आया था। देखकर वे खुश होकर बुलंद आवाज में 'वेरी गुड' कहे। आज के शिक्षक भी बात-बात पर वेरी गुड कहते हैं, पर वो लहजा कहाँ? वो अंदाज कहाँ? जो उनमें मैंने देखा और सुना। वह यकीनन वेरी गुड था।

ये महामानव देवस्वरूप श्री माणिकरमन प्रताप सिंह थे। चहुँमुखी शिक्षा प्राप्ति का प्रथम जल श्रोत यही से फूटता था। सन् 1972 में आठवीं कक्षा उत्तीर्ण कर इस लायक हो गया था कि शहर के किसी स्कूल में बड़े घरानों के लड़कों के साथ बैठकर पढ़ सकूँ, इतना आत्मविश्वास मुझे गुरुजनों से मिल गया था। श्री श्याम सुंदर जी, जो गणित के दाँव-पेंच सिखाये, समाज विज्ञान से समाज और रिश्तों का खाका बतलाए, हिंदी और संस्कृत पढ़ाकर बोलने के काबिल बनाए वह यही कहते थे, 'तुम्हारा कद और चेहरा भले सुंदर और आकर्षक न हो, कभी खुद को किसी से छोटा या कम मत समझना, क्योंकि चेहरे की पहचान अधूरी है। पूर्णता की पहचान वाणी और व्यक्तित्व से होती है।'

प्रधानाध्यापक श्री उर्मिला प्रसाद जी अंग्रेजी पढ़ाते थे। वे श्यामपट पर प्रवाह में लिखते थे जिसे कोई नहीं पढ़ पाया,

मैं भी नहीं। किंतु उनकी बातें और लिए गये निर्णय आज भी याद हैं। एक बार की बात है, जब मैं कक्षा चार में पढ़ता था। तीस अप्रैल को रिजल्ट आया, मेरे साथ में पढ़ने वाले तीन साथी अनुत्तीर्ण घोषित हुए। रिजल्ट सुनकर वे रोने लगे। मुझे बहुत ग्लानि हुई। मैं हाथ जोड़कर प्रधानाचार्य से निवेदन किया कि मेरे अंक काटकर इन तीनों के रिजल्ट में जोड़ दिए जाएं ताकि ये भी पास हो जाएं। मैं प्रथम श्रेणी में पास हुआ था।

वे ऊँची आवाज में मुझसे पूछे- 'तुम फेल होना चाहते हो?'

मैं जवाब नहीं दे सका था, यथावत हाथ जोड़े खड़ा रहा। तब वे कक्षा अध्यापक से बोले, 'वो लड़के जिस विषय में फेल हुये हों, उस विषय की पुनः परीक्षा ली जाए। अगर इस दफे भी फेल हुए तो स्कूल से निकाल दिया जाएगा। हफ्ते भर बाद तीनों की पुनः परीक्षा हुई और वे उत्तीर्ण घोषित किये गये।'

आप सभी गुरुजनों ने मिलकर मुझे मनुष्य बनाया है। मैं खुले हृदय से आपके श्री चरणों में भावांजलि अर्पित करता हूँ। मैं आपका जन्मजन्मांतर तक ऋणी रहूँगा। आपने मुझे अक्षर ज्ञान के साथ बोलना सिखाया, रिश्तों की अहमियत बताई, शून्य से लेकर नौ तक गिनती सिखाई और भी बहुत कुछ। मैं आदमी की शक्ल में एक पत्थर के अलावा कुछ नहीं था, उस पत्थर में जीवन आपने भरा है। कोटिशः नमन आपको।

अब मैं पन्ने के निचले हिस्से को गौर से देख रहा हूँ। मुझे चित्र के अनुरेख साफ दिखाई दे रहे हैं। कुछ अस्पस्ट चेहरे जिनके बीच में कोई खड़ा हुआ कुछ कह रहा है। मुझे अनुमान हो गया, गेल्हा शिक्षा के महत्व पर कुछ कहना चाह रहा है। मैं उसकी मंशा को सम्मान देते हुए सुनी-सुनाई एक लघुकथा कह रहा हूँ–

एक अनपढ़ युवक शाइन बोर्ड बनाने वाली कंपनी में काम करता था। बोर्ड बनाने वाले कंपनी में लोगों के अपने प्रोफाइल और बिजनेस से सम्बंधित बोर्ड बनने को आया करते थे। बोर्ड बन जाने के बाद वह युवक लोगों तक उनका बोर्ड पहुँचाया करता था। यही उसकी नौकरी थी। उस कंपनी में तीन आर्डर पेंडिंग थे जिनके काम चल रहा था। पहला बोर्ड एक

डॉक्टर का था जिसपर स्लोगन था 'पेट दर्द से निराश न हो।' दूसरा बोर्ड एक होटल वाले का था जिसका स्लोगन था, 'कृपया पुनः सेवा का मौका दें।'

तीसरा बोर्ड एक श्मशान घाट का था जिसका स्लोगन था, 'मृतक के परिजन भीड़ न लगाएं।'

बोर्ड बन जाने के बाद उस युवक को सभी बोर्ड पतों पर पहुंचाने थे। कंपनी द्वारा बताये गए पते पर बोर्ड लगाने के लिए वह सभी बोर्ड्स को अपनी युक्ति से रखकर रिक्शे पर बैठ गया। वह युवक अनपढ़ था अतः उसने अपने बुद्धि से तीन बोर्ड्स क्रमवार रख लिए। लेकिन गलती से उसके बोर्ड बदल गए और तीनो जगहों पर इस क्रम से बोर्ड लगा दिया,

श्मशान घाट– 'कृपया पुनः सेवा का मौका दें।'

डॉक्टर– 'मृतक के परिजन भीड़ न लगाएं।'

ढाबा– –'पेट दर्द से निराश न हो।'

अशिक्षा के कारण उस युवक ने बहुत बड़ी गलती हुई। परिणामस्वरूप उसे नौकरी से हाथ धोना पड़ा।

कथा काल्पनिक किन्तु शिक्षाप्रद है। उस युवक को केवल पढ़ना आता होता तो जीविका न जाती।

एक समय ऐसा आता है जब व्यक्ति की मौजूदगी को नकार दिया जाता है। आपके होने या न होने से किसी को कोई फर्क नहीं जाता है। ऐसी स्थिति से उबरने के दो उपाय हैं। प्रथम अपनी मौजूदगी की अनिवार्यता को हमेशा जीवंत रखें या स्वयं को मुक्त हुआ मानकर खुद के लिए जियें। उपेक्षित जीवन जीना मुश्किल है, ऐसी स्थिति में मनुष्य हताश हो कर सोचता है कि दुनिया कितनी मतलबी है अपनी मानसिक स्वतंत्रता की ओर ध्यान ही नहीं जाता है। ऐसी परिस्थितियों से उबारने या ताल-मेल बैठाने में शिक्षा ही मददगार होती है, मैं ऐसे समय से गुजरा हूँ। यह मेरा निजी संस्मरण है, जरूरी नहीं सभी को अच्छा लगे परन्तु एक वायदा है उस सहृदय पाठक से जो अपनत्व के भाव से पढ़ेगा वह अपना लाभांश जरूर प्राप्त करेगा।

वर्ष 1975, बी.एस-सी द्वितीय वर्ष में वनस्पति शास्त्र को बदलकर भूगर्भ-विज्ञान ले लिया था। इस ग्रुप में बड़े-बड़े घरानों के शहरी लड़के सहपाठी थे। मैं गाँव-देहात से आया हुआ छात्र था, मेरे पास उनकी तरह पहनने के लिए कपड़े नहीं थे और न बातचीत का वो सऊर जो उनमें था। मेरे पास कुल जमा दो जोड़ी कपड़े थे, एक कमीज-पाजामा और दूसरा जोड़ा पैंट-सर्ट का। कक्षा में मुझसे कोई बात नहीं करता था। में लेक्चर हॉल में अक्सर पीछे बैठता था। प्राणीशास्त्र और रसायन शास्त्र साथ के अन्य विषय थे। एक दिन रसायन शास्त्र का प्रैक्टिकल चल रहा था। भूलवश सल्फ्यूरिक एसिड के छींटे पास प्रैक्टिकल कर रहे लड़के के सर्ट में गिर गए। जगह-जगह छेद हो गए। खूब बवाल मचा, अपने-अपने हिस्से की डाँट सबने मुझे पिलाई। अपमानित हुआ शाम को कमरे पर आया। रोटी बनाने का होश कहाँ? सुबह के जूठे वर्तन मेरी तरफ बड़ी उम्मीद से निहार रहे थे। मुझे उन पर दया आ गई और उन्हें साफ कर डाला। दो बिस्कुट और जल पीकर पेट को समझाया, 'आज कुछ अच्छा नहीं लग रहा है, इसलिए इतना ही ग्रहण करो।'

उस समय भूगर्भविज्ञान के विभाग प्रमुख डॉक्टर सुरेश चन्द्र वर्मा थे। वे अच्छे शिक्षक के साथ सहृदय इंसान थे। उन्होंने एक नियम बनाया था, यह उनका शिक्षा के क्षेत्र में अनूठा प्रयोग था। प्रत्येक शनिवार को किसी एक छात्र को अंतिम क्लास पढ़ाने की जिम्मेदारी मिलती थी। विभाग के गुरुजन भी छात्रों के बीच बैठकर व्याख्यान सुनते थे। बहुत मुश्किल काम था, दस मिनट में ही हाथ-पाँव काँपने लगते, वाणी से विचारों का नियंत्रण हट जाता, 'आँए की जगह बाँएं' मुँह से निकल जाता। अगले शनिवार को किसे व्याख्यान देना है, यह उसी दिन बता दिया जाता था। पाठ चुनने की स्वतंत्रता रहती थी। मेरा भी नम्बर आया। यह अनिवार्य होता था, कोई मना नहीं कर सकता था।

मुझे विभाग प्रमुख ने अपने कक्ष में उसी दिन छुट्टी के पश्चात बुलवाया। डरते हुए जाकर उनके सामने खड़ा हो गया। वे चश्मा चढ़ाकर एक मिनट तक मुझे देखते रहे, फिर बोले 'क्या बात है, मुझे बताओ?'

मैं बोल नहीं सका, सर झुकाए हुए खड़ा रहा। वे अपनी जगह से उठकर मेरे पास आये और मेरे सिर पर हाथ फिराकर बोले- 'घबराओ नहीं, मेरी तरफ देखो और सुनो, मुझे कुछ बताने की जरूरत नहीं है। मुझे सब ज्ञात है, मुझे वह भी ज्ञात है, जो तुम सोचते रहे हो। तुम इस समय नकारात्मक विचारों से घिरे हुए हो। वे नकारात्मक विचार तुम्हारी और तुम्हारे घर वालों को तबाह करना चाहते हैं।'

'मैं क्या करूँ सर?' मैं लगभग रो ही पड़ा था।

वे गम्भीर वाणी में बोले- 'अगले शनिवार को तुम्हें टीचिंग स्टाफ और क्लास के छात्रों के समझ खड़े होकर व्याख्यान देना है, ठीक मेरी तरह। आवश्यक डायग्राम भी बोर्ड पर बनाने होंगे। सब्जेक्ट में फॉसिल्स ले लो। परन्तु ध्यान रहे, ऐसा व्याख्यान होना चाहिए जो सभी को प्रभावित करे। हिंदी के साथ, अंग्रेजी का प्रयोग करते हुए बोलना है। अभी हफ्ते भर का समय है, सब बेकार की बातें सोचना छोड़कर घर में रियाज करो।'

मैं चुपचाप खड़ा रहा। बोलता तो क्या बोलता? मन डाँवाडोल होता रहा। मेरी मनःस्थिति उनसे छिपी नहीं रही। योग्य गुरू-शिक्षक वही है, जो छात्र-शिष्य के भीतर चल रहे विचारों को पढ़-समझ ले। डॉक्टर वर्मा हजारों मानवीय गुणों को धारण करने वाले असाधारण शिक्षक थे, वे मेरे भीतर चल रहे अन्तर्द्वन्द को पढ़ चुके थे। वे मुझसे बोले- 'मेरी अंतिम बात सुन लो फिर जो मन में आए करना। तुम्हारे पास दो ही रास्ते हैं, एक जो मैं बताया हूँ, उस पर चलो, यह प्रकाश का रास्ता है, बहुत कुछ है इस रास्ते पर, आज नहीं तो कल यह तुम्हें सुकूँ के साथ तरक्की और नाम देगा। दूसरा वह, जो तुम सोच हो, अत्यंत गलत है, यह अंधकार का रास्ता है, इस रास्ते पर चलने वाले गुम हो जाते हैं। उनका अस्तित्व अंधकार में विलीन हो जाता है। हाथ में दुख के सिवा कुछ नहीं हासिल होता।'

मैं कुछ देर सोचता हुआ खड़ा रहा। तभी भीतर से एक नए संकल्प का जन्म हुआ, जिससे प्रेरित होकर कटे हुये पेड़ की तरह उनके चरणों में गिर पड़ा। उन्होंने मुझे उठाया, जैसे

कोई माँ अपने गिरे हुए बच्चे को जमीन से उठाती है।

'आपके आदेश का पालन करूँगा।' पूरे आत्मविश्वास के साथ मैंने कहा।

'शाबास।'

डॉक्टर वर्मा की खुशी देखने लायक थी। चलते हुए मुझे एक पुस्तक देकर बोले- 'इसे पढ़ना फॉसिल्स की पुस्तक है।'

रात गहरा रही है। अनगिनत जिन्दगानियाँ आँखों में नींद का बोझ लिए हुए सोने की तैयारियों में जुट गई होंगी। कल सभी का और बेहतर हो, स्वस्थय और सुंदर हो, ऐसी कामना के साथ मैं भी सोने की तैयारी कर रहा था। आज कई दिन बाद पूरी सात रोटी, टमाटर, गोभी, आलू की रसेदार सब्जी के साथ खाई थी। जीवन के प्रति सोचने का नजरिया डॉक्टर वर्मा के समझाने पर बदल गया था। रग-रग में नया उत्साह संचरित होने लगा था। आने वाले कल की बेहतर उम्मीद लिए हुए मैं भी पड़ गया।

संस्मरण बड़ा हो रहा है, कौन पढ़ेगा? उनके खुद के भी कुछ अफसाने होंगे। सोचता हूँ, जितना कह दिया, लिख दिया बहुत है। कोई सुन भी तो नहीं रहा है?

'मैं सुन रहा हूँ, बताओ शनिवार को क्या हुआ?'

आवाज पहचान कर मैं चौंक उठा। एकांत के इस माहौल में, वह भी रात के बारह बजे? बे-आवाज मैंने पूछा- 'दादा, 'आप सोए नहीं?' आप यहाँ मेरे घर में? इस समय?'

वह हँसा, जिसे केवल मैं सुन सका। बहुत से संवाद और संकेत, जीवन के अनेक अफसाने, ऐसे ही मौन के वातावरण में कहे और सुने जाते हैं।

'तुम हँस रहे हो दादा?' मैंने पूछा।

'तुम्हारी नासमझी पर, अरे! तालाब, नदी, झरना और समुद्र, पेड़-पहाड़ को कभी नींद आती है? और रही मेरी उपस्थिति की बात, तो सुनो, जिस जगह पर अच्छी फिक्र चलती है, वहाँ हम मौजूद रहते हैं। आगे क्या हुआ, जल्दी से बताओ,

रोचक प्रसंग है।'

मैने अच्छी तैयारी की थी। चित्र बनाने से लेकर बोलने तक की। सप्ताह भर देर रात तक जागकर अभ्यास करता रहा। शनिवार का वह अंतिम पीरियड, समय चार बजे शाम, छात्रों की सीट में बैठे हुए गुरुजन और सहपाठी। यह बहुत नया अनुभव था मेरे लिए, व्याख्यान हाल के चबूतरे पर चढ़ते ही हाथ-पाँव काँपने लगे, मुँह से बोल नहीं फूटे। चबूतरे पर खड़े होकर सभी चेहरों को पहचानने की कोशिश कर रहा था। अग्रिम पंक्ति में भूगर्भविज्ञान का समूचा टीचिंग स्टाफ और उनके पीछे सहपाठी गण और सीनियर्स- मन हुआ कि क्लास से भागकर सीधे गाँव जाकर खेती-बाड़ी देखूँ।

अचानक सामने की पंक्ति में बैठे हुए डॉक्टर वर्मा पर नजर पड़ी, वे बहुत निराश लग रहे थे। मुझे उनसे किया हुआ वायदा याद आ गया। एक ताकतवर ऊर्जा का संचार हृदय में हुआ। हिलते हुये हाथ-पाँव स्थिर हो गये, सूख चला कंठ तर हो गया, हृदय से तालु के दरम्यान टूटता हुआ ताल्लुक पुनः संयोजित हो गया। मुँह से शब्दों की बरसात होने लगी।

जीवाश्म (फॉसिल्स) क्या है? कैसे बने? इनकी उपयोगिता क्या है? फॉसिल्स से संग्रहालय कहाँ पर हैं? यह बताया, किन्तु यह कोई नवीन जानकारी नहीं थी। पाठ्य पुस्तकों में पहले से लिखा हुआ है। बोर्ड पर आवश्यकतानुसार चित्र बनाते हुए बोलता गया। एक नजर सामने डाली, गुरुजनों की आँखों मे खुशी और पीछे की पंक्ति के बैठे सहपाठियों की आँखों में आश्चर्य के बिंब तिरते साफ दिखे।

व्याख्यान के समापन पर मैंने अपने निजी विचार रखे-

'आज आदमी अपने को बचाने के लिए पहले की तुलना में अधिक संघर्ष कर रहा है। उसे सूख चली नदियों से, गर्म होते पर्वतों से, सुनामी उगलते महासागरों से, पिघलते ग्लेशियर्स से, यहाँ तक की स्वयं की मिट्टी से कठिन चुनौतियां मिल रही है। ऐसा क्यों हो रहा है? सभी जानते है, हमने पेड़ काट डाले, नदियों के मुहाने तोड़-मरोड़ डाले, पहाड़ो को निर्वस्त्र कर दिया। इनसे हमें जीवनोपयोगी चीजें मिलती थीं। नेचर संतुलन में

इनका बहुत योगदान रहा। यह दुखद पहलू है, सब जानते हुए भी हमने हाथों में कुल्हाड़ी उठाई, मिट्टी के घरौंदे तोड़ डाले और पहाड़ो की छाती चीरकर उस जगह खड़े कर दिए गगनचुम्बी इमारतें, सड़के निकाल दी, नहरें निकाल दी। अब कौए सुबह कांव-कांव न करें, कोकिल-कंठी रागनी कानो में न सुनाई दे, गौरेया आँगन में चुग्गा लेने झुंड में न आये, तो समझ लीजिये, इनकी प्रजाति फॉसिल्स बनने चली गई। इसके जिम्मेदार आज की पूरी मानव सम्यता है। याद रखिये नेचर को मारकर हम भी सुरक्षित नहीं हैं, नेचर एक-न-एक दिन जरूर बदला लेगी।

'हम महाविनाश की उस दलदली जमीन पर खड़े हैं जो किसी भी समय हमारे अस्तित्व को निगल सकती है। यदि हम अब भी नहीं चेते तो बहुत सम्भव है, पचास सालों के बाद हम भी फॉसिल्स हो जाएं। दुःख तो इस बात का रहेगा कि उन फॉसिल्स को पढ़ने वाला धरती पर कोई मौजूद नहीं रहेगा।'

'हम पढ़ते हैं, लम्बी-चौड़ी बातें करते हैं, फिर भी बेखबर हैं। इस धरती में विशालकाय जीव के रूप में डायनासोर थे, सात फुट लम्बी समुद्री बिच्छू थे, जो आज नहीं है। इस विषय में संगोष्टियाँ होती हैं, व्याख्यान होते हैं, विद्वान लोग अच्छी तैयारी के साथ आंकड़े प्रस्तुत करते हैं, फोटो तस्वीर उतारी जाती है। अखबारों में खबरें छपती हैं, लेकिन होता कुछ नहीं, किसी के सर में जूं नहीं रेंगते क्योंकि हम ईमानदारी के साथ फिक्रमन्द नहीं हैं। किसी को अपनी सुख-सुविधा के खयाल के आगे रत्ती भर भविष्य की फिक्र नहीं है। दुनिया मे बड़े-बड़े नाम के फिलास्फर, समाजसेवी, कलाकार, राजनयिक, धर्माचार्य हैं, भाषण के दौरान चिंताओं के पहाड़ खड़ा कर देते हैं, यह सिर्फ वाक्य चातुर्य दिखाने का स्वांग भर है। असलियत में किसी को फिक्र नहीं है। समस्या पर कोई गम्भीर नहीं है, सभी बुत बने हुए, जुबान में तुरपाई किए हुए पद्मासन लगाए बैठे हैं।'

मैं आगे बोल नहीं पाया था, बहुत जोर से क्लास के लड़कों ने तालियाँ पीट दी थी। भूगर्भ शास्त्र के विभागाध्यक्ष डॉ. वर्मा स्वयं आगे बढ़कर गले लगाते हुए मुझे शाबासी दिए। यह मेरे जीवन की बहुत बड़ी घटना थी। इतने बड़े विद्वान

का आर्शीवाद मिलना बड़े गौरव की बात थी। उस दिन के बाद से मेरी जिंदगी की दशा और दिशा दोनो बदल गई थी। जो सहपाठी मुझसे नफरत करते थे, प्यार करने लगे, मुझसे बातचीत करने लगे, मैं उनका हो गया वो मेरे हो गए। एक मुरझाया हुआ सुमन खिल उठा, नदी-तालाब का सोया हुआ जल जाग उठा।

आत्महत्या करने को उद्यत एक थकी-हारी जिंदगी में नए जोश के साथ जीवन भरने वाले डॉक्टर वर्मा साहब आपको सत-सत नमन। यह शिक्षा और योग्य शिक्षक का ही प्रभाव है कि मैं कभी पराजय मंजूर नहीं करता हूँ। कोई मुझे अहंकारी या जिद्दी कहे, यह उसके ख्यालात हैं। हकीकत तो यही है। मेरे पास सहजता और गुरुजनों के आशीर्वाद के सिवा कुछ भी नहीं है। मैं कुछ जानता भी नहीं हूँ सिर्फ जानने की कोशिश में लगा हूँ, मुझमें अहंकार किस चीज का?

'बहुत अच्छे! शाबास।'

यह गेल्हा से मिली शाबाशी थी, जिसकी मौजूदगी को मैं भूल गया था।

'सो जाओ अब।'

'जी दादा।'

'बिदा अनुज।'

'चरण बंदन दादा।'

'यशस्वी भवः।'

*****

डायरी का नौवाँ पन्ना

प्रेमी गेल्हा, भूत भविष्य का वक्ता गेल्हा, सबका हित सोचने वाला गेल्हा विनोदी स्वभाव का भी है। नौवें पन्ने पर उकेरे आरेख देखने के उपरान्त ऐसा कह रहा हूँ। हँसी आ रही है, किन्तु अकेले में केवल रोने की अनुमति है, हँसने के लिए साथी चेहरों की दरकार होती है। एक-दूसरे का हँसता हुआ चेहरा देखने पर ही हँसी गति पकड़ती है। सो मुस्कुराहट से ही हँसी का आनन्द लिया गया।

रेखन अनुसार हाथी चल रहा है, पीछे से कुत्ते भोंके जा रहे हैं। मुझे एक मुहावरा याद आ गया- 'हाथी चलते रहते हैं, कुत्ते भौंकते रहते हैं।' मुहावरे के अर्थ पर यदि गम्भीर न हुआ जाए तो मुस्कुराने का मूड बन सकता है, ये भी कम नहीं होगा।

क्या गजब की जुगलबंदी रही, हाथी और कुत्तों के बीच- दोनों को अपनी-अपनी ड्यूटी याद है। मन में कुछ सवाल भी हैं, जिनका उत्तर खुद देने की सोच रहा हूँ।

प्रश्न एक- 'पहले हाथी चला या पहले कुत्ते भोंके?'

उत्तर- 'क्या फर्क पड़ता है, हाथी पहले चले या कुत्ता पहले भोंके।'

प्रश्न दो- 'मुझे लगता है चलते हुए हाथी को देखकर कुत्ते भोंके हैं, आपकी राय?'

उत्तर- 'नो कमेंट।'

प्रश्न तीन- 'मुझे लगता है, कुत्तों की आवाज के डर से हाथी चल पड़ा होगा। दौड़ तो सकता नहीं था, आपका ख्याल क्या बोलता है, सर!'

उत्तर- 'बोल दिया न, नो कमेंट, क्यों दिमाग खराब करने पर तुले हो, तुम रहते किस दुनिया में हो? यह भी नहीं जानते आजकल हाथी खुद कुत्ते पालने लगा है, उसकी मर्जी से कुत्ते भोंकते भी हैं और राह चलते हुए राहगीरों को काटते भी है।'

लीजिये जनाब, खुद के सवाल पर मैं संतोषजनक उत्तर नहीं दे पाया, छोटी अक्ल का हूँ न, लेकिन मैं भी कहे देता हूँ, आगे वह समय आने वाला है, जब कुत्तों की पूरी टीम भौंक-भौंककर मर जाएगी, और हाथी की सूंड़ तक नहीं हिलेगी। चलना तो बहुत दूर की बात होगी।

यह भविष्य की बात हुई, अभी माथापच्ची से कोई फायदा नहीं। जो होगा, देखा जाएगा। अभी हाथी चल रहा है तो उसको धन्यवाद, कुत्ते भूंक रहे हैं तो उनको भी धन्यवाद।

बहुत-सी चीजें हैं, जो सभी की समझ में नहीं आतीं। परेशान होने की बिल्कुल जरूरत नहीं है। हाथी और कुत्ते की गतिविधियों से ध्यान हटाकर जिसे जो चीज समझ में आती हो, अच्छी लगती हो, उसी पर ध्यान केंद्रित कर उसे सीखने की कोशिश करे। आज तक कोई ऐसा इंसान नहीं हुआ है जिसके पास दुनिया भर के इल्म और करतब उसी के पास हों। एक कुशल कारीगर जो कारीगरी करेगा, अन्य फील्ड का आदमी नहीं कर सकता है। यह विविधता कुदरत ने जानबूझकर दी है, ताकि सभी एक दूसरे से सम्बंधित रहें। एक दूसरे के सन्निकट रहकर, एक दूसरे के काम आकर प्रेम-भाव का आदान-प्रदान करें। डॉक्टर को फर्नीचर की जब जरूरत पड़े तब बढ़ई अपने हुनर से फर्नीचर तैयार करे और जब बढ़ई बीमार पड़े तब डॉक्टर अपने इल्म से उसकी सेहत दुरुस्त करे। एक दूसरे के पेशे पर टांग अड़ाने की बिल्कुल कोशिश न हो, दोनों का नुकसान होगा, समाज और देश का नुकसान होगा। हमें एक दूसरे के इल्मो-हुनर का इस्तकबाल करना चाहिए। कोई यदि अच्छा तबला बजाता है तो यह उसकी संयम-साधना है। किन्तु उन हाथों को भी सम्मान जाए जिसने बड़ी तरकीब से तबला बनाया है।

हम किसी के हुनर और श्रम का मूल्य नहीं चुका सकते हैं। उसका हृदय से आभार जरूर व्यक्त कर सकते हैं। समाज में सभी के मौजूदगी की जरूरत है, केवल मनुष्य भर की नहीं, पेड़-पहाड़, नदी-झरने-तालाब, पशु-चिड़ियों सभी का अपना-अपना योगदान है। सभी एक दूसरे के पूरक हैं। आदमी

के पास दिल-दिमाग है, वह सोच सकता है और महसूस कर सकता है, इसलिए सभी के संरक्षण का दायित्व मनुष्य पर है। कुछ लोग अपने कर्मों से खुद को इतना ऊँचा उठा लेते हैं कि देवताओं की जमात में उनकी गिनती होने लगती है। ऐसा ही एक रोचक प्रसंग लेकर हाजिर हुआ हूँ।

यह कहानी मैंने नानी के मुँह से सुनी है। वह बताया करती थी, जब मेरी उमर तीन साल के करीब रही होगी, तब मेरी माँ बीमार पड़ी। बुखार से शुरू हुई बीमारी धीरे-धीरे शरीर को जकड़ती गई। जिला चिकित्सालय रीवा में इलाज चला लेकिन तबियत में सुधार नहीं हुआ। इलाज में कोताही नहीं हुई होगी, पिता जी भी इसी अस्पताल में कम्पाउंडर थे। उस समय जाँच-पड़ताल के लिए आज की तरह मशीनें नहीं थीं। सम्भव है बीमारी का निदान नहीं हुआ होगा। अंतिम समय की यात्रा मानकर माँ को घर ले आया गया, वे अचेत थीं। अपने गाँव से उत्तर दिशा में धोवखरी गाँव है। ठाकुर राघव भान सिंह उस गाँव के जमींदार थे। उनका नाम देसी चिकित्सा के जानकार के रूप में दूर-दूर तक था। उन्हें बुलाया गया। वे मिरू बारी को साथ लिए तत्काल पहुँच गये। वे दोनों साथ ही चलते थे। मिरू नाड़ी देखकर रोग की जानकारी देता था, राघव ठाकुर दवा तजवीज करते थे। नाड़ी देखते ही मिरू ने ऐलान कर दिया- 'रात भर का टेम है। नाड़ी मद्दी है। पित्त अउर कफ बहुत बढ़ा है, पै अच्छी बात ई है कि बात कमजोर है।'

राघव ठाकुर साथ में लाई जड़ी बूटी का काढ़ा बनवाये। ऐसी औषधियाँ वे अपने घर में लगा रखे थे। तीन-चार बार के प्रयास से दो-चार बूँद दवा गले के नीचे उतरी। हर आधे घण्टे में दवाई पिलाने की कोशिश होती रही। यह सिलसिला रात भर चला। राघव ठाकुर रात घर नहीं गए, मिरू बारी लगातार नाड़ी देखता रहा। किसी के पास घड़ी तो थी नहीं, अंदाज से सुबह के चार बजे होंगे कि मिरू ने ऐलान किया- 'ठाकुर दउआ! पित्त के जोर मद्द पड़ गा अब।'

'राघव ठाकुर के चेहरे में खुशी की चमक आ आई, वे मेरे पिता जी से बोले- 'मुंशी जी! खतरा टार दिहिन हनमान जी। अब सबय नीक होई।'

'बोलो पवनसुत हनमान की जै।'

बहुत तेज आवाज हुई थी। सभी ने समवेत जयकारा लगाया था। पूरा गाँव जाग रहा था, मेरे घर में बैठने की कहीं जगह नहीं थी, जिसको जहाँ स्थान दिखाई पड़ा, वह वहीं पर बैठ गया था। यह आवाज पवनपुत्र तक गई। उजियारा फैलने से पहले माँ ने आँखें खोल दी। धीरे-धीरे सेहत में सुधार होता रहा। महीने भर तक राघव ठाकुर और मिरू रोज घर आकर इलाज करते रहे। ऐसे थे राघव ठाकुर और मिरू बारी। मैं दोनों का दर्जा धन्वतरि और सुषेण बैद्य के समक्ष निरूपित करते हुए उनके श्री चरणों में हृदय की तासीर उड़ेलकर भावांजलि देता हूँ।

यह संस्मरण बताता है– चिकित्सक भगवान का स्वरूप है। सत्य है, यदि राघव ठाकुर जैसा दिल वाला इंसान हो। उनकी एक और खासियत थी, जिस घर में वे इलाज के लिए जाते थे, उस घर का पानी तक स्वीकार नहीं करते थे। दवाइयां वे खुद तैयार करते थे, यह भी मुफ्त होती थीं। आज जब अखबार में पढ़ता हूँ, अस्पताल का बिल बढ़ाने के इरादे से मृतक को दो दिन तक वेंटिलेटर पर रखा गया। हॉस्पिटल के मेडिसिन वार्ड में हंगामा, जूनियर डॉक्टर्स और मरीज के परिजनों के बीच मारपीट, बच्चा वार्ड से बच्चा चोरी गया, पेट की जगह पैर की सर्जरी कर दी गई या ऑपरेशन दौरान पेट में ही कैंची छूट गई। ऐसी खबरें बहुत डराती हैं। मन दुखी हो जाता है। कुछ तो नसीहत लो, ठाकुर राघव सिंह और मिरू बारी से।

गेल्हा भी बहुत दुखी होता है, उसे सब मालुम है, वह सब जानता है। वह किसी जमाने में स्वयं बैद्य रहा है। उसकी मेड़ की काली मिट्टी के उपयोग से चर्म रोग ठीक होते थे। काली मिट्टी पोतकर नहाने के बाद त्वचा का रंग निखरकर मुलायम हो जाता था। सब बीती बातें हुईं, अब कोई मिट्टी लगाकर नहीं नहायेगा, तंदुरुस्ती की साबुन लाइफबॉय है, चंदन की तरह दिन भर बदन महकाने की साबुन है हमाम है। बाल, काले और सिल्की बनाने की साबुन कोई और होगी?

यह प्रचार-प्रसार और विज्ञापनों का युग है। हजार कमी के बावजूद अच्छे प्रचार की बदौलत गुणहीन चीजें अच्छे दाम पर बिक रही हैं। विज्ञापन के दम पर ही इंसान ने अपना चबूतरा ऊँचा किया है। 'जो दिखता है, वो बिकता है।' दिखने-दिखाने के दौर में सही-गलत, असली-नकली की पहचान करना मुश्किल हो गया है।

नौवे पन्ने में उकेरे गये समस्त चिन्ह हास्य को प्रदर्शित करते है। अध्याय की शुरुआत में जिसका जिक्र किया गया है। पूरे पन्ने में आड़े-तिरछे अंदाज में हँसते हुए पेड़-पौधे और भैसों के परिवार के साथ गाँव के नड्ग-धड़ंग किशोर वय के बच्चे हँसते मुस्कुराते हुए जलविहार में निमग्न दिखाए गए हैं।

गेल्हा बताता है, 'लोग ऐसे ही नदी-तालाब में साथ-साथ स्नान कर लेते थे। मन में किसी तरह का विकार का जन्म नहीं होता था। आज बहुत परिवर्तन है। अनेक संसाधनो से सज्जित बंद कमरे में स्नान और अन्य नेचुरल कार्य करते हुए भी मानव समुदाय वासनाओं से ग्रसित हैं।'

अब रेखन को अधिक व्याख्यायित करने से पहले कुछ लफ्फाजी कर ली जाए। हँसना मनुष्य का स्वाभाविक गुण है। कुदरत से मिला हुआ अनमोल तोहफा है, हास्य। कोई भी कितना खूबसूरत क्यों न हो यदि हँसने का रंग-ढंग नहीं है, सारी सुंदरता बेकार। हम गाँव के पले-बढ़े हैं। हमारे यहाँ फूल-फल, नदी पहाड़ तक हँसते हैं। मैंने देखा है ककड़ी पककर फूट जाती थी।

ऐसा क्यों? गाँव के बुजुर्ग बताया करते थे, ककड़ी रात में जब जोर से हँसती है, तब उसका पेट फूट जाता है।

पत्थर भी हँसता है। यह सबूत आज भी हमारे गाँव के दक्षिण में मौजूद है। यह बड़ी चट्टान है जो जगह-जगह से टूटी हुई है। गौर से देखें तो दुनिया का नक्शा इसी चट्टान पर बना है। इस सम्बंध में एक आम प्रचलित कहानी कहता हूँ।

गाँव में लुल्लू और टुल्लू नाम ने दो व्यक्ति थे। हुकूमत से इन्हें 'गप्प श्री' की उपाधि दी गई थी। खास अवसरों पर

इन्हें सादर बुलाकर सुना जाता था। एक बार वे दोनों उस चट्टान पर बैठे बात कर रहे थे।

लूल्लू- 'यार! मेरे बाबा जब घोड़े पर चढ़कर चलते थे तो उनका सिर आसमान से टकरा जाता था, वे इतने ऊँचे थे।'

टुल्लू- 'उन्हें पैदल चलना चाहिए था।'

लुल्लू- 'तब भी टकरा जाता था।'

टुल्लू- 'गजब मुसीबत थी।'

लुल्लू- 'मुसीबत कैसी? इसी से तो घर का खर्चा चलता था।'

टुल्लू- 'तनिक समझा कर बता, बड़ी टेढ़ी बात है।'

लुल्लू- 'जब उनका सिर आसमान से टकराता था तब कुछ तारे धरती में घूमने की लालच में उनकी पगड़ी में बैठ जाते थे। जिन्हें वे बेचकर मोटी रकम कमा लेते थे।'

टुल्लू- 'घोर आश्चर्य। कौन खरीदता रहा होगा?'

लुल्लू- 'आश्चर्य कैसा? ये शौकीन लोगों की धरती है, उस जमाने में बड़े-बड़े खानदानी रईस थे। अपनी बेगमों की खुशी के लिए मुँह माँगी रकम अदा कर तारे खरीदते थे। और वे शाम ढलते ही जूड़े में चिपकाकर घूमने निकलती थी।'

टुल्लू की बोलती बंद हो गई। ऐसा गप्प लुल्लू ढीलेगा, उसे उम्मीद नहीं थी। वह भी हार मानने वाला नहीं था। वह कटाक्ष करते हुए बोला- 'तुम्हारे बाबा ऊँचे जरूर थे लेकिन रहे फुटकर व्यापारी, थोक में व्यापार करते तो आज उनका नाम होता। तुम भी सीना तानकर खुद को उनका असली नाती कह सकते थे। ऐसी ऊँचाई किस काम की?'

लुल्लू- 'तुम भी बताओ न, तुम्हारे बाबा कितने तीसमारखाँ थे?'

टुल्लू- 'तीसमारखाँ? अरे! अजूबा कहो, हमारे बाबा स्वर्गीय आदरणीय, चप्पू गुरू उस जमाने के महान तीरंदाज थे। द्वापर का समय होता तो हमारे बाबा अर्जुन और कर्ण से भी बड़े तीरंदाज माने जाते।'

लुल्लू- 'अर्जुन से बड़ा तीरंदाज अपने बाबा को बताते हो? होश में हो न?'

टुल्लू- 'एस आई एम- चक्र में घूमती हुई मछली की आँख में ही तो ऊपर देखकर तीर छोड़े थे अर्जुन, मेरे बाबा का कमाल सुनो।'

टुल्लू बताने लगा। यह गाँव कोई मामूली गाँव नहीं है। गर्मी के टेम पर यह गाँव मुगल राजाओं की राजधानी हुआ करता था। वे यहाँ गर्मी व्यतीत करते थे। रात में जलसा होता, रात भर नाच गानों की बज्म आबाद होती। एक बार का बाकिया दादी सुनाती है। लखनऊ की महान नर्तकी सुग्गन बाई को नाचने के लिए बुलाया गया, वह बग्घी में सवारी गांठ साथ में साजिन्दों को लेकर गाँव पहुँच गई। पूरे एक हजार लालटेन की रोशनी में सुग्गन बाई ने गजल गाकर महफिल का आगाज किया। वह तिरताल, चरताल, झपताल में गाती-नाचती हुई जब दादरा गाई- 'मोंहि तिरछी नजरिया न देख बबुआ।' तब दादी बताती है, रुपयों की बरसात होने लगी। नवाब हुजूर भी बिलायती के असर में थे। उन्हें ठिठोली सूझी, मेरे बाबा को नजदीक बुलाकर कान में कुछ कहे।

बाबा भी लगी में थे, आव-ताव को दरकिनार कर तीर छोड़ दिए। सुग्गन नाच में लीन थी उसे कुछ भी आभाष नहीं हुआ। नथ की गोलाई से पार होता हुआ तीर सन्न से जंगल तरफ निकल गया। सुबह तीर की तहकीकत कराई गई। जल्द ही एक लँगड़ी घोड़ी मिल गई। गौर से देखा गया तो घोड़ी के एक पाँव और एक कान में छेद था।

लुल्लू- 'कमाल के थे, तुम्हारे बाबा। लेकिन एक चीज समझ में नहीं आई, तीर निकल कर जंगल में खड़ी घोड़ी को एक साथ दो जगह कैसे लगा?'

टुल्लू- 'तुम अकिल खर्चा करो, सीधी सी बात है। सुग्गन बाई के नथ से पार हुआ तीर डायरेक्ट घोड़ी को उस समय लगा, जब वह एक पैर से कान खुजला रही थी।'

वह चट्टान हँसी नहीं रोक सकी। उसके हँसने के कारण ही जगह-जगह दरारें हैं। आज भी वह उसी जगह में पड़ी है।

यह सब हँसी का चमत्कार है। मेरी समझ कहती है, वह इंसान ऊँची तकदीर वाला है, जिसे हँसना आता है। आजकल के फोटोग्राफर फोटो खींचने के समय कहते हैं, 'स्माइल प्लीज।' इंसान को बनाने वाला फोटोग्राफर तो चाहता है कि आप जीवन भर हँसते-मुस्कराते रहें। जापानी कवि नागूची ने भगवान से निवेदन किया है- 'हे भगवान! जब जीवन के किनारे की हरियाली सूख जाए, चिड़ियों की चहक मूक हो जाए, सूर्य को ग्रहण लग जाए, मित्र अकेला छोड़कर चले जाएं और आसमान का सारा गुस्सा मेरे तकदीर पर बरसने वाला हो, तब भी, मेरे लबों पर हँसी की एक लकीर खिंची रहे।'

हास्य और उल्लास का ही नाम जवानी है। उसे हम कभी युवा नहीं कहेंगे, जिसके चेहरे से मुस्कुराहट गायब हो। याद रहे, 'हँसी की पृष्ठभूमि पर ही जवानी के फूल खिलते हैं।' हँसमुख व्यक्ति वह फव्वारा है, जिसके शीतल छींटे मन को प्रफुल्लित करते रहते हैं। व्यक्तिगत जीवन की सफलता के अनेक रहस्यों में एक रहस्य प्रसन्न चित्त चेहरे का होना भी है। किसी साक्षात्कार में वह व्यक्ति आसानी से चुन लिया जाता है, जिसके होठों पर मुस्कान की दुधिया रेखाएँ अठखेलियाँ करती हैं। पाश्चात्य देशों में बिना मुस्कुराहट के अभिवादन करना अशिष्ट माना जाता है। एक विक्रेता की मोहक मुस्कान वह काम कर जाती है, जो किसी जेबकतरे की कैंची नहीं कर पाती। एक हँसमुख डॉक्टर को देखकर ही आधी बीमारी भाग जाती है।

एक सहज प्रसन्न शिक्षक की कक्षा में कभी उदासी की घटा नहीं छाती।

एक हँसमुख-विनोद प्रिय नेता के पीछे अनुगामियों की कतार जुट जाती है।

दीर्घायु होने का सर्वोत्तम साधन है हँसमुख स्वभाव। हँसमुख आकृति मानो ऐसा आईना है, जिसमें परमात्मा की प्रसन्नता हर क्षण दिखाई पड़ती रहती है। हँसने वाले व्यक्ति का पाचनतंत्र ठीक काम करता है, शरीर निरोगी रहता है।

एक मेरे पड़ोसी हैं। बड़े पद से सेवानिवृत्त हुए हैं, अच्छी पेंशन मिल रही है। मकान, मोटर, बंगला सब कुछ

है, उनके पास, सिर्फ नहीं हैं तो उनके पास हँसी नहीं है। वे हँसी खोज रहे हैं। वे खरीद भी सकते थे अगर बाजार में हँसी-हास्य-विनोद किसी कीमत पर उपलब्ध होता, भले दो-चार तोला ही खरीदते पर खरीदते जरूर। एक दिन मुझसे बोले- 'आपके पास बहुत किताबें हैं, कोई ऐसी किताब दीजिए जिसे पढ़ने पर हँसी आये।'

मैंने 'चाचा चौधरी और बिल्लू पहलवान की दोस्ती' की किताब उनको दे दी है। भगवान करे किसी बहाने उनको हँसी आ जाए।

महान साहित्यकारों ने अपने गहन-गंभीर साहित्य में हास्य-विनोद की अवतारणा कर उसके आकर्षण को और भी बहुगुणित कर दिया है। कालिदास, शूद्रक, शेक्सपियर आदि महान नाटककारों ने अपने नाटकों में विदूषक का प्रयोग इसी उद्देश्य से किया है। गोस्वामी तुलसीदास ने अपने 'रामचरितमानस' में विश्वसुंदरी की कामना करनेवाले बंदरमुँहे नारद द्वारा शिष्ट हास्य की अवतारणा कर सोने में सुगंध ला दी है।

किंतु, यह ध्यान रखना चाहिए कि हास्य इतना अमर्यादित न हो जाए कि दूसरे की नींद हराम कर दे, ऐसा न हो जाए कि दूसरे के काम में अड़चन पैदा करे। इसलिए हास्य की मात्रा का भी ध्यान रखना आवश्यक है। मर्यादित हास्य-विनोद ईश्वर का एक अनोखा वरदान है, इसमें संदेह नहीं।

गेल्हा के नौवें पन्ने के संदेश को अपनी समझ अनुसार दर्ज कर चुका हूँ। मन में प्रसन्नता है, वो इसलिए कि गेल्हा के विनोदी स्वभाव का जिक्र करते हुए खुद को विनोदी लाल महसूस करने लगा हूँ। शाम का सुहाना मौसम है, हाई कोर्ट दरबार में हाजिरी लगाने को मन हुआ तो चला आया। मन्दिर में एक सम्य और सभ्रांत परिवार पहले से मौजूद था। उनके साथ एक लड़की थी, सुंदर और जवान थी। अचानक से आपस में आंखें टकराई। मुझे अनुमान हुआ, उसकी आँखों में बड़े ही खूबसूरत सपने हैं। लेखक ऐसी भूल करता ही है, मैंने पूछ लिया- 'कहाँ से आई हो?'

'यहीं रीवा (अमहिया) से।'

बेबाक दिये गए उत्तर से मन प्रसन्न हुआ। आगे पूछने की जरूरत नहीं पड़ी। वह बताने लगी, 'मेरा सलेक्शन नायब तहसीलदार में हुआ है। मम्मी-पापा के साथ बजरंगबली का धन्यवाद करने आई हूँ।' उसके माँ-बाप भी परिक्रमा पूरी कर बाहर निकल आए। अल्प परिचय से आत्मीयता जाग उठी। चलते-चलते उन्होंने बताया, 'बहुत बड़ा भंडारा करूँगा। आप को जरूर बुलाऊँगा।' वे मेरा फोन नम्बर लेकर चले गए। उनके जाते ही बजरंगबली के सामने मैं दण्डवत हो गया, दिल से प्रार्थना निकली- 'हे कलयुग से प्रत्यक्ष देव बजरंगबली, ऐसी ही खुशी सभी को देते रहना।'

*****

डायरी का दसवाँ पन्ना

गेल्हा बहुत ऊँचे दर्जे का फिलास्फर है, उसकी फिक्र को कभी किसी ने तरजीह नहीं दी, न उसे समझने की कोशिश हुई, वरना वह यूनान के दार्शनिक सुकरात के समकक्ष का फिलास्फर है। बस कथन में थोड़ा फर्क है। सुकरात कहते थे, 'मैं कुछ नहीं जानता हूँ और जो लोग जानने का दावा करते हैं, वे झूठे हैं। वे खुद के साथ दुनिया को धोखा दे रहे हैं।'

सुकरात के बारे में मुझे अभी तक इतना ही मालुम था कि वे यूनान के एक बड़े दार्शनिक थे और उन्हें कैद कर लिया गया था और जहर देकर मार डाला गया था। अब चूँकि प्रसंग चल ही पड़ा है तो सुकरात के विषय में कुछ और अध्ययन किया हूँ। अब मुझे सुकरात को दुनिया का महानतम दार्शनिक मान लेने में कोई गुरेज नहीं है।

सुकरात के विषय में बताते हुए ताज्जुब होता है कि उसने कोई किताब नहीं लिखी और न कभी किसी जीवन दर्शन का ऐलान किया। किन्तु पश्चिमी देशों में दर्शन की नींव सुकरात ने ही रखी। है न कमाल की बात।

यह व्यक्ति गली चलते हुए लोगों से या किसी भी दूकान-बाजार में जाकर लोगों से पूछा करता था– 'सही क्या है? गलत क्या है? धर्म क्या है? अधर्म क्या है? प्रेम क्या है? आत्मा क्या है? जन्म क्या है? मृत्यु क्या है? आप लोग इस विषय में जो सोचते हों, जानते हों, मुझे बताइए। मैं सच कह रहा हूँ, मैं कुछ नहीं जानता।'

वह ऐसे लोगों के बीच जाकर सवाल पूछता, जो केवल पेट पालने और संतान पैदा करने के अलावा कुछ सोच ही नहीं सकते थे। ऐसे लोगों की दुनिया में भरमार है। इनमें से जो अपढ़ और गरीब तबके के लोग हैं, उनकी बात नहीं। आश्चर्य तो तब होता है जब बड़े-बड़े डिग्री धारी, हाकिम, व्यवसायी भी अपढ़ व्यक्ति की तरह ही सोचते हैं। सुकरात, लोगों से यह भी कहता– 'मुझसे भी सवाल करो? मैं कुछ नहीं जानता, फिर भी मेरे दिमाग में जो चल रहा है, वह सभी को जरूर बताऊँगा।'

कुछ न जानने की सहज घोषणा और कुछ जानने की उच्चतम इच्छा को लेकर घर त्याग कर निकल पड़ना, जो भी सामने मिल जाए उसी से प्रश्न करना, उससे भी प्रश्न करने को प्रेरित करना। यही उसका जीवन का उद्देश्य हो गया। वह धीरे-धीरे लोकप्रिय होता गया, अनेक अनुयायी बनते गये। प्लेटो उसका खास चेला था, जिसने अपनी पुस्तक में सुकरात के विषय में विस्तार से लिखा है। यह बहुत सम्भव है, यदि प्लेटो सुकरात के सम्बंध में न लिखता तो दुनिया में सुकरात को आज कोई नहीं जानता।

गेल्हा भी कुछ ऐसा ही कहता है- 'मैं यह नहीं कहता हूँ कि मैं कुछ नहीं जानता, मैं अपने इर्दगिर्द फैली अनेक चीजों के विषय में जानता हूँ, लेकिन मैं यह दावा नहीं करता हूँ मेरी समझ सत्य है। असत्य भी हो सकती है। अतः सभी का दायित्व है, अपनी तरह से सत्यता की तस्दीक करे। कोई भी चीज जैसी दिखाई पड़ रही है, बहुत सम्भव है वैसी न हो। अतः दायित्व बनता है कि सत्यता की खोजबीन की जाए, सवाल उठाये जाएं, हर किसी से पूछा जाए। इसमें लज्जा-संकोच की कोई बात नहीं है। हो सकता है वह जानता हो?

मेज के चार पैर देखकर प्रश्न उठाइये, ऐसा क्यों है? इसकी जरूरत क्या है? मेज तैयार करने वाला बढ़ई बताएगा। बस छोटा-सा काम, बढ़ई से जाकर पूछना पड़ेगा।'

गेल्हा यह कहते हुए दुखी हो जाता है- 'मैं जानता हूँ, मेरी बात बकवास मानी जायगी। कोई भी किसी चीज पर गहनता से विचार नहीं करता। सभी दुनियादारी के कुचक्र में फँसे हुए गोल-गोल घूम रहे हैं। किसी को मतलब नहीं है कि वह वक्त निकाल कर कोई अच्छी किताब पढ़े। कुछ जानने की कोशिश करे। खुद से सवाल करे, 'हम इस संसार में किसलिए हैं?' खुद और परिवार के उदर-भरण के अलावा और कौन से काम हैं, जो आदमी को करना चाहिए?'

बहुत कोशिश के बाद भी दसवाँ पन्ना पढ़ा नहीं जा सका। रात से ही बादलों ने आकाश ढँक रखा है। रुक-रुक का बरसात जारी है। पन्ने पर उरेही रेखाएं सूर्य के किरणों की

छाया पड़ने पर ही स्पष्ट होती हैं। यह बात गेल्हा जानता है। मैंने सोचा उसी से अन्य उपाय के विषय में जानकारी ले लूँ। बहुत दिनों से उसकी आवाज भी नहीं सुना हूँ। तीन बजे हैं, मैं छाता लगाकर मन्दिर तरफ आ गया। आज मन्दिर सूना था। गुरुवार के दिन क्या बजरंगबली के दर्शनार्थ कोई नहीं आता? सहज प्रश्न का सहज उत्तर भी मिल गया। पुजेरी जी ने बताया कि सुबह से ही टिप्प-टिप्प चल रहा है। कोई कैसे आए? मैं मन्दिर से पीछे वाले हिस्से में चला गया। यह जगह रमणीक और शांत थी। सामने तालाब का दृश्य और बबूल और नीम के छोटे पेड़ों से आच्छादित मेड़ का हरीतिमा युक्त हिस्सा आँखों में सुकून दे रहा था।

आँख मूँदकर गेल्हा का आह्वान किया, किन्तु सफलता नहीं मिली। दो-तीन बार के प्रयास विफल गये तब घर लौटने को मन हुआ। उठना ही चाह रहा था कि एक खनकदार नारी कंठ से निकली हुई आवाज सुनाई दी, 'गुड इवनिंग जी।'

मैंने इधर-उधर आँखें घुमाई, किन्तु कुछ दिखाई नहीं दिया। मुझे भय लगा, तत्काल हनुमान जी से निवेदन किया- 'हे हनुमान जी, यह किसकी आवाज है? कहीं कोई भूतनी तो नहीं? आप इसे दूर भगाइये, मुझे डर लग रहा है।'

'हनुमानजी को तंग मत करो, मैं हूँ, गेल्हा।'

'डराते क्यों हो? तुम्हें ही तो आवाज लगा रहा था।'

'आ तो गया, बोलो कैसे याद किये?'

'पेज नहीं पढ़ पाया हूँ। सूर्य देव को आज बादलों ने ढँक रखा है। अन्य उपाय से पढ़ा जा सकता हो तो बताओ?' मैंने पूछा।

'अन्य उपाय नहीं है। फिर जल्दी क्या है, जब सूर्य-किरणें धरती पर पड़ें, तब देखकर तर्जुमा कर लेना।' उसने कहा।

'अभी तक की मेरी समझ क्या ठीक थी?'

'ठीक ही नहीं, स्पेशल ठीक थी। बीच-बीच में संस्मरण

और कहानियों का समावेश करके तुमने कथानक रोचक बनाया है। मैं तुम्हारी योग्य और ईमानदार तबियत को पहचान कर ही वे पन्ने सौंपा हूँ। यह काम दूसरा कोई नहीं कर सकता था।' आवाज में मिठास घोलता हुआ गेल्हा बोला।

बरसात तेज हो गई थी। कुछ पल खामोशी में बीते। मैंने पूछा, 'दादा! कहाँ खड़े हो?'

'बीच पानी में।'

'डूब जाओगे, तालाब गहरा है।'

'हा-हा-हा-हा' वह जोर से हँसकर बोला, 'बड़े ना समझ हो मुंशी जी, मैं तालाब हूँ, तालाब कभी पानी में नहीं डूबता। जल ही उसके प्राणों का उत्स है।'

थोड़ा ठहरकर वह फिर बोला- 'बारिश हो रही है, मुझे एक बात याद आ गई- गुस्सा और मतभेद बारिश की तरह होना चाहिए, बरस कर खत्म।'

'और प्रेम हवा की तरह, जो खामोश हो किन्तु सन्निकट रहे।' तड़ से मैंने भी कह दिया।

मैंने आगे पूछा- 'गुस्सा और मतभेद वाली बात आपने क्यों की?'

उसने जवाब दिया- 'निकटता में यह रोज होता है। हमारे-तुम्हारे बीच सम्भव है, कभी ऐसा माहौल बने, तब यह कथन लागू होगा।'

'ऐसा नहीं होने दूँगा।' मैंने वचन दिया।

'बहुत भरोसा है तुम पर।'

'आप परम ज्ञानी हो दादा।'

'एक कहानी सुनोगे?'

'सुनाइये, अच्छा मौका है दादा, कोई बारिश की कहानी सुनाओ न।'

'ठीक है, मैं तो बारिश की कहानियों से पटा हूँ। तुम अपने संस्मरण लिखे हो, एक मेरा भी शामिल करोगे?'

'खुशी से दादा, आप बताओ तो सही।'

वह बताने लगा- साल कौन सा था याद नहीं है। हाँ महीना भाद्रपद, तिथि तीज थी। वो इसलिये याद है कि महिलाएँ और कुँवारी कन्याएं भुनसार में मौनी नहाने आयीं थी। अहा! वो भी क्या दिन थे? निर्जला उपवास का संकल्प लेने को आस-पास के गाँव की महिलाएँ नए वस्त्र लेकर स्नान करने घाट पर जमा हुई थीं। इस गीत से धरती-आकाश गूँज उठा था।

'हो सात जनम का साथ प्रभू जी मोरे सजना का।

हो हाथों में हो हाथ प्रभु जी मोरे सजना का।'

'अहा, आप गाते भी खूब हैं, पहली बार आपको सुनने का अवसर मिला है।' मैंने कहा।

'मैं बहुत खुश होता था, साथ में मैं भी जोर-जोर से गाया करता था।' उसने कहा।

फिर वह बताने लगा- दूसरे दिन व्रत तोड़ने से पहले के स्नान को कोई नहीं आ सकीं। तीज के दिन से जोर की बरसात शुरू हो गई। दिन भर पानी बरसा, उसी रफ्तार से रात भर बरसा। सुबह देखा तो जल ही जल, जिधर देखो जल ही जल। बांध-बन्धी का कहीं पता नहीं। मेरा जल सन्नई मे मिल रहा था। उस दिन मैंने सन्नई का सौंदर्य और जवानी देखी। उस सुंदरता को बखान करने लायक मेरे पास शब्द नहीं है। वह केश खोले हुए भीगी खड़ी हँस रही थी, प्रबल धाराओं को चतुर्दिक भेज रही थी। उसका अंग-प्रत्यंग गीले परिधानों से झलक रहा था। वह हमारा प्रथम मिलन था, पानी का पानी से मिलन- उसी दिन हमने गजरते-बरसते मेघराज को हाजिर-नाजिर कर सन्नई से विवाह किया। रात में बहुत बड़ा जलसा हुआ था। जल में डूबते-उतराते, नहाते, अठखेलियाँ करते हुए बांध-बन्धी और अन्य तालाब दूर से चलकर जलसे में शामिल होकर हमें आशीर्वाद दिए थे। रात में बिजली रानी ने मेघराज के मेघ मल्हार पर लपक-झपक कर डांस किया था। उस रात को कभी नहीं भूल पाऊँगा, कभी नहीं।

गेल्हा संस्मरण सुनाकर पुरानी यादों में खो गया था।

उसकी आवाज मुझे नहीं सुनाई दे रही थीं। मैंने आवाज लगाई-
'दादा चुप क्यों है? आगे बोलिये न?'

'क्या बोलूँ, पुराने खयालात, बहुत दुख देते हैं। इन्हें तसव्वुर के तहखानों में ताला लगाकर रखना चाहिए। पता नहीं क्यों आज तुम्हें बीती बातें सुना गए और तुम लिख भी गए। फिर भी अच्छा हुआ, जो कुछ हुआ, अच्छा हुआ। कभी जमाना पढ़ेगा तो गेल्हा को याद करेगा, सन्नई को याद करेगा और रामानुज अनुज को याद करेगा।' वह लम्बी साँस खींचकर बोला।

'आपको याद है मेघराज का गाया हुआ मेघ मल्हार। याद हो तो गुनगुना दीजिए, मुझे बहुत अच्छा लगेगा।'

लम्बी तान भरकर वह गाने लगा-

'उमड़-घुमड़ के आ रे बदरबा,

घहर-घहर घहरा रे।

लपक-झपक घनघोर रोर कर,

मेघ मल्हार सुना रे।'

गेल्हा का गाया हुआ मेघ-मल्हार सुनकर मैं भावविभोर हो गया था। दिल की गहराइयों से वाह-वाह के दो बोल निकलकर कर ध्वनि में समाहित हो गए थे। आह्लादित हुआ गेल्हा लौटने को उद्यत हुआ। मुझसे कहा कि अब दसवाँ पन्ना पर नजर गड़ाने की जरूरत नहीं है। वही सब उकेरा गया है जो हमारे दरमियान बातचीत से जाहिर हो गया है।

गेल्हा ने विशुद्ध शास्त्रीय राग में गाया था। मुझे शास्त्रीय गायन की उतनी ही समझ है, जितनी शिशु को लोरी की होती है। बात लोरी की चल पड़ी है, तब फर्ज बनता है, कुछ लोरी के विषय में बात कर ली जाय। वास्तव में लोरियाँ ममतामयी मातृत्त्व भावों का शिशु के अंदर तक सम्प्रेषण की सहज प्रक्रिया है। माँ जब शिशु को सुलाने के लिए गुनगुनाती है- 'सो जा राजदुलारी सो जा।' तब वह इन स्वरों के साथ पूरी ममता को शिशु के अंग-अंग में समाहित कर देती है और वह सो

जाता है। लोरियाँ अलिखित हैं, यह एक बोल से दूसरे बोल में बिन प्रयास अंतरित होती रही हैं। लोरियों का संसार कभी बहुत बड़ा था। विभिन्न बोली-भाषाओं में चतुर्दिक इनका फैलाव रहा। परन्तु बहुत चिंता जाती है, यह बताते हुए कि लोरियों की दुनिया समाप्त हो रही है। चिंताजनक है कि अब माताएं शिशु के मुँह में दूध की बोतल और आँखों से सामने मोबाइल में जमा कार्टून दिखाकर सुलाने की कोशिश कर रही हैं।

लोरी जीवन का वह प्रथम गान है जो किसी माँ के कण्ठ से फूटकर शिशु को सुनाई पड़ा है। मेरी समझ में शिशु के लिए इससे बड़ा कोई गीत नहीं हो सकता कोई संगीत नहीं हो सकता। इसे मामूली गान समझने की भूल न की जाए, यह माँ की कोख का गान है जो शिशु को मीठी नींद के साथ उत्तम स्वास्थ्य और उत्तम विचार को शिशु के भीतर प्रविष्ट कराता है।

कोख और माता के कंठ से फूटी लोरी वह अप्रतिम अनुगूँज है, जो शिशु के हृदय और प्राणों को वात्सल्य से भर देती है, कोई कोन-कोना रिक्त नहीं रह जाता है। लोरियों का कभी विस्तृत संसार रहा है। आज लोरी गायन बहुत कम माताएं करती हैं। लोरी महज गान नहीं है, वह माता और बच्चे के बीच एक ऐसा सेतु है जो माँ को खुशी देता है और बच्चे को गहरी नींद।

मैं डूब जाता हूँ जब कभी शास्त्रीय गायन सुनता हूँ। ऐसी रुचि जागृत करने का श्रेय स्वर्गीय पिता मुंशी रामदुलारे को जाता है। उन्हें हिंदी, अंग्रेजी, संस्कृत और उर्दू-फारसी की अच्छी समझ थी। वे गाते तो नहीं थे, लेकिन अनुराग पूर्वक शास्त्रीय ढंग से अक्सर गुनगुनाया करते थे। ढोलक बजाने में उन्हें काबिलियत हासिल थी।

मैं उनके निकट बैठकर उन्हें गौर से सुना करता था। रेडियो में मंगलवार को रात्रि साढ़े नौ बजे से रात्रि के बारह बजे तक आकाशवाणी के दिल्ली केंद्र से शास्त्रीय गायन प्रसारित होता था। मैं और पिता जी देर रात्रि तक वह संगीत सुना करते थे। पण्डित भीमसेन जोशी, जसराज जी, डीवी पलुस्कर, बड़े गुलाम अली खान, डॉक्टर कुमार गंधर्व का गायन उन्हें

विशेष पसंद था। बेगम अख्तर की गायी हुई गजलें उन्हें बेहद पसंद थी।

जब अच्छे मूड में होते तो गजल के किसी शेर पर तफसरा कर मुझे समझाते, 'देखो, शेर है'-

'यूँ तो समझे थे कि बरसात में बरसेगी शराब,

आई बरसात तो बरसात ने दिल तोड़ दिया।'

इसका मतलब वो नहीं जो कहा गया या सुना गया। फिर वो ऐसा तर्जुमा करते थे कि शेर का कनेक्शन सीधे हृदय से जुड़ जाता था। उन्हीं का आशीर्वाद है कि तीन हजार से ऊपर मैंने अब तक गजलें लिखी हैं। ये पिता के साथ मेरे गुरू भी थे। मेरी सोच यह है कि जिससे भी कुछ सीखने को मिले उसे गुरू मान लेने से नुकसान नहीं फायदा है।

अब संगीत की चर्चा छिड़ गई है तो एक ऐसी शख्सियत का उल्लेख करूँगा, जिसने कभी संगीत के स्कूल में संगीत की तालीम नहीं ली, न किसी उस्ताद ने उन्हें अलग से संगीत सिखाया। फिर भी वे रीवा राज दरबार के दरबारी गायक थे। उनका नाम वास्तविक क्या था, स्मृति में नहीं है। गाँव वाले उन्हें 'गुनी जी' कहते थे। क्या अद्भुत गायन था उनका? मेरे घर में अक्सर संगीत की महफिल बैठती थी। अपना हारमोनियम वे स्वयं साइकिल के कैरियर में बाँधकर लाते थे। उन्हें कुदरत से बुलंद आवाज मिली थी। आजकल के गायक माइक पर आश्रित होते हैं, उन्हें किसी माइक (ध्वनि विस्तारक यंत्र) की आवश्यकता नहीं पड़ती थी। आज आपको याद करते हुए भावांजलि अर्पित करता हूँ। आपका दुलार और आशीर्वाद मेरा पथ-प्रदर्शक है।

कभी-कभी जान पाता हूँ, जब नींद के पल नहीं होते, कई जोड़ी आंखें मेरी निगहबानी करती हैं, नजर-सानी करती हैं। सभी को तो नहीं, कुछ को पहचानता हूँ। दो युगल आंखें मेरे माता-पिता की आँखें हैं, वे मुझसे शिकायत करती हैं। उन्हें परिवार के टूटकर विखरने का गहरा दुख है। वे यह भी जानते हैं कि मैंने तन-मन-धन से सबकी मदद की है। अपमान सहकर

भी सबको जोड़े रहने की ईमानदारी से कोशिश की है, परन्तु होनी को बदलने की कूबत किसी में नहीं है, मेरी औकात ही क्या? जिसने अपने सिर में कौआ बैठा रखा हो, उसे कोयल की बोली कैसे सुहायेगी?

मेरे चारों तरफ ईर्ष्या की आग धधक रही है। बाहर निकलने का मार्ग जानबूझकर मेरे निमित्त अवरुद्ध किया गया है, यह भलीभाँति जानता हूँ। मैं डरा हुआ नहीं हूँ, कई युगल आँखें रास्ते के प्रत्येक मोड़ पर निगेहबान हैं। उनकी मौजूदगी में भय कैसा? मुझे लगता है, माता-पिता और गुरु कभी मरते नहीं है, जीवन पर्यन्त चोला बदलकर पथ-प्रदर्शक की भूमिका में संतान के आगे-पीछे यात्रा करते रहते हैं। मैं नहीं जानता किन जन्मों का प्रतिफल है कि डॉक्टर अमोल बटरोही का सामीप्य मुझे प्राप्त हुआ है। वे प्रथम काव्य संग्रह सलिला से लेकर निरंतर मेरा उत्साह बढ़ाते रहे हैं। मैं सदैव उनका ऋणी रहूँगा। भगवान उन्हें बेहतर स्वास्थ्य के साथ उच्चतम आयु प्रदान करे।

*****

डायरी का ग्यारहवाँ पन्ना

सन् 2021, जुलाई का महीना, बरसात का महीना, आषाढ़ का महीना, कैसी विडंबना है, आकाश में बादलों का नामोनिशान नहीं। सूर्य देव की तप्त किरणें धरती को तपाने में लगी हैं। विगत दो-चार दिनों से उमस कुछ ज्यादा है। गेल्हा का दिया हुआ यह अंतिम पन्ना है। धूप में रखते ही खींची हुई सभी रेखाएं वाचाल हो उठीं। सपाट मेड़ देखकर समझ में आ गया कि मेड़ पर खड़े पेड़ अब नहीं रहे। यत्र-तत्र पड़ी हुई सूखी लकड़ियाँ सबूत थीं कि पेड़ काट दिए गए हैं। मुझे अच्छी तरह याद है मेड़ के चारों तरफ बड़े झाड़ वाले आम, जामुन, पीपल, बरगद और महुआ के पेड़ थे। गर्मी के मौसम में थके हुए यात्री तालाब में नहाकर रोटियाँ बनाते-खाते, पेड़ की छाँव में सुस्ताते और धूम मुलायम होते ही गंतव्य को चल पड़ते थे।

एक साल की बात है, स्कूल के खपरैल को नया किया जा रहा था। तब हमारी कक्षाएं इन्हीं पेड़ के नीचे लगी थी। यहीं बैठकर हम सवाल हल किए थे, 'माना क ख बराबर ग घ तो च छ बराबर होगा क ख ग घ के।'

यह बीजगणित के नियम थे। जिन्हें मानकर चलने पर जिंदगी के बहुतेरे सवाल हल हो सकते थे। ताज्जुब है, इन नासमझों ने गणित के नियम पर रत्ती भर यकीन नहीं किया। इन्हें सीखना चाहिए था- 'नीम, जामुन, महुआ, पीपल, बरगद, आम बराबर सांस और सांस बराबर जीवन।' इन्हें यह भी याद नहीं रहा- 'ज से जल और जहाज होता है, क से कबूतर, कमल और कलश होता है।'

हमारी शिक्षा पद्धति कितनी मनोवैज्ञानिक है। इस पर गेल्हा कहा करता है,

'अ, मात्र स्वर नहीं है। क मात्र व्यंजन नहीं है, बहुत कुछ है। हमारे प्राथमिक पढ़ाई के हर अक्षर महत्वपूर्ण है। योग्य गुरुजनों को अपने छात्रों को इनकी योग्यता और उपयोगिता पर विस्तार से जिक्र करना चाहिए। उन्हें बताना चाहिए अ से

अनार होता है, आम और अखरोट होता है। आम, अनार और अखरोट के महत्व के साथ अ की पहचान कराई जानी चाहिए।

सारी गणित उलट दी गई है। इस पन्ने में गेल्हा की पीड़ा को मैं महसूसता हूँ। यह अंतिम पन्ना है, इसके बाद वह लिख नहीं पाया होगा या लिखने के लिए कुछ बचा ही न होगा।

कोरोना का आतंक दुनियाभर में है। जिंदगी ठहर गई है, दुनिया का दिमाग कोरोना नाम के अदृश्य रोगाणु से लड़ने के तरीके तलाश रहा है। यह तो एक नमूना है। यह शुरुआत है, अभी बहुत से रोगाणु आकर तबाही मचाएंगे। कहाँ तक दिमाग लड़ाओगे भाई?

विचारों के सिलसिले टूट गए। पड़ोस के घर की तीन साल की बच्ची जो अक्सर मेरे घर आती है, मेरे साथ खेला करती है, तोतली जुबान से जीवन की पेचीदगी को सहज बना दिया करती है। वह जाने कब आई और मेरे सामने से वह पन्ना उठाकर भाग गई। ढूढ़ने पर वह भीतर मिली, कागज को फाड़कर फर्स पर लेटी हुई आराम से टीवी देख रही थी।

'गुंजन, कागज क्यों फाड़ी?' मैंने पूछा।

वह कुछ नहीं बोली, बड़ी-बड़ी आँखों से वह मुझे देखती रही।

'हम तुम्हें चॉकलेट देते न।'

'कमजोल था, फट गया।'

'मतलब तुमने नहीं फाड़ा, वह अपने-आप फट गया।'

'हाँ।'

'अब चॉकलेट नहीं मिलेगी।'

'न, मुजे तहिए चॉकलेट।' आँखें नचाकर वह बोली।

'मतलब चॉकलेट भी लोगी और कागज भी फाड़ोगी?'

'हाँ।'

आँखें मटकाकर हाँ कहने की अदा पर दो चार कागज नहीं, एक पूरा रजिस्टर उसे फाड़ने को दिया जा सकता है, दर्जन पर चॉकलेट दी जा सकती है। बड़ी सुंदर आँखें हैं

उसकी। जब वह हँसती है तो आंखें भी हँसती हैं। जब बोलती है तब आँखें भी बोलती है। उसकी आँखों में एक सुंदर संसार बसा हुआ देखता हूँ, शायद इसी संसार में सर्वशक्तिमान ईश्वर का निवास भी है।

'कहाँ खोजता फिर रहा मन्दिर में भगवान।

बैठ यहीं पर देख ले बच्चों के दरम्यान।'

बच्चे जब कभी शैतानी करें, उन पर भूलकर भी हाथ न उठाए, भगवान गुस्सा करेगा। केवल हाथ जोड़कर खड़े हो जाएं, दो मीठे बोल बोल दें, बच्चा खुश हो जाएगा, भगवान खुश हो जाएगा।

ग्यारहवाँ पन्ना ठीक से न पढ़ पाने का अफसोस जरूर हुआ किन्तु क्या किया जा सकता था। कागज के टुकड़े बीनकर इकट्ठा कर, आपस में जोड़कर पढ़ने की कोशिश हुई मगर समझ में कुछ नहीं आया। गेल्हा की नाराजगी का मुझे भय अधिक नहीं था, कार्य का अंश बाकी रह जाने का मलाल अधिक था। शाम को मन्दिर पहुँचकर गेल्हा का आह्वान किया। वह तत्काल प्रकट हो गया, जैसे वह मेरे इंतजार में पहले से बैठा हो।

वह बोल उठा- 'बधाई हो, तुमने वह कर दिखाया जो किसी और के लिए बहुत मुश्किल काम था। फिर मेरा कहा कौन करता? मेरे पास पैसे तो रहते नहीं जो किसी समझदार लेखक को मेहनताना देकर काम करा सकूँ।' गेल्हा की धीमी किन्तु साफ आवाज सुनाई दी।

'मैं पूरा पढ़ नहीं सका हूँ दादा, एक छोटी लड़की पन्ना फाड़ डाली है।' मैंने अफसोस जाहिर किया।

'हर्ज की बात नहीं, वह उतना ही था। नीचे का अंश प्रकृति को बचाने का आग्रह था, जिसे अब कोई नहीं मान रहा है। मैं देखता हूँ हर साल पर्यावरण दिवस और प्रकृति संरक्षण दिवस मनाया जाता है। क्या हुआ है इनके दिवस मनाने से? चार लोग मिलकर एक पेड़ लगा दिए, फोटो उतर गई, हो गया पर्यावरण महोत्सव। पेड़ को पानी मिलेगा नहीं, वैसे भी ये सूख जाएंगे। इस दिखावटी पन से कुछ नहीं होने वाला है। कुदरत

ने प्रत्येक वस्तुएं मानव को दी थीं। परंतु आधुनिकता की दौड़ में शामिल हुआ मानव कुदरत की नियामत को खत्म करने में लगा हुआ है। जीवजन्तु और पेड़-पौधे जिस तेजी से समाप्त हो रहे हैं, वे मानव जीवन के लिए खतरे के संकेत हैं। धरती का ताप दिन-ब-दिन बढ़ रहा है। एक बड़ा पेड़ तैयार होने में कम-से-कम बीस साल लगते हैं। ठीक है, काटे गए पेड़ों की एवज में पेड़ लगाए जा रहे हैं। परंतु यह भी विचारणीय है इनके बड़ा होने तक क्या कोई अन्य विकल्प मौजूद है? शायद नहीं है। तब तक बढ़ते हुए भूतल ताप को कैसे नियंत्रित रखा जाएगा? किसी के पास जवाब नहीं है। प्रदूषण के चलते बहुत कुछ छूटने वाला है। सफाई कामगार गिद्ध लोपित हो गया है। गौरेया की मात्र तस्वीर बची है। कौआ व कोयल की प्रजाति भी लोप होने के कगार पर है। जंगलों के न रहने से जंगली जीव सिर्फ चिड़ियाघरों में देखने को मिलेंगे।'

इतनी ही बात कर गेल्हा चला गया था। उसे जाने की शीघ्रता थी और मुझे भी। अपनी वजह उसे ज्ञात होगी, मुझे अपनी मालूम है। आज दोपहर दो बजे तेज हवाओं को लेकर बादल आये, जोर लगाकर गरजे। औपचारिक रूप से कुछ बड़ी-बड़ी जल बूँदें धरती पर टपकाए भी। इसी बीच जबरदस्त गर्जना करती हुई आकाशीय बिजली ट्रांसफार्मर के सिर पर गिरी। यानी बिजली पर बिजली गिरी। ट्रांसफार्मर जलकर खाक हो गया है। बदलना पड़ेगा। आज की रात अँधेरे में मोहल्लेवासी गुजारेंगे, बहुत सम्भव है कल भी अँधेरे वाली रात मिले। लंबे कदम कदम बढ़ाता हुआ मैं घर के लिए चल पड़ा। रास्ता चलते हुए बिजली से सम्बंधित एक भूली हुई पुरानी दास्ताँ याद आ रही है। उचित है, अब इसे प्रकट करना चाहिए इसी बहाने एक महान आत्मा को भावांजलि भी अर्पित हो जाएगी।

बात उस समय की है, जब मेरी आयु लगभग सात साल की रही होगी। उस समय बिजली मतलब शहर होता था। गाँवों में बिजली नहीं थी। मेरी बड़ी बहन की ससुराल रीवा में है, जो संभागीय मुख्यालय के साथ इतिहास में चर्चित जिला है। रीवा के राजघराने और राजाओं का जिक्र विश्व इतिहास में दर्ज है। तानसेन रीवा दरबार के गायक थे। रीवा नरेश के

यहाँ अकबर ने जब तानसेन का गायन सुना तो वह मंत्रमुग्ध हो गया। उसने रीवा नरेश से आग्रह कर तानसेन को दिल्ली बुला लिया और नवरत्नों में स्थान दिया। हिंदी का पहला नाटक 'आनन्द रघुनन्दन' जो 1831 में लिखा गया था। जिसके रचयिता महाराजा विश्वनाथ सिंह जूदेव हैं। ऐतिहासिक महत्च के ऐसे जिले में बिजली की रोशनी होगी ही। मेरे मन में तरह-तरह से प्रश्न थे।

'जैसे, बिजली क्या चीज है?'

'बिजली से रोशनी कैसे पैदा होती है?

'बिजली की खोज किसने की है? वगैरह-वगैरह।'

इन प्रश्नों के उत्तर तो स्कूल के गुरुजनों से मिल गए। किंतु बिजली का प्रकाश देखने का मौका नहीं मिला था।

दीवाली के एक दिन पहले की बात है। जीजा जी गाँव आये हुए थे। वे मुझे रीवा ले आए। मारे खुशी के मेरा दिल काबू में नहीं था। कई बार तो हार्ट फेल होने का अनुभव हुआ। मुझे देखकर बहन खुश हुई, उसने बताया- 'कल दीवाली को बिजली की रोशनी से पूरा शहर जगमगाएगा, फुलझड़ी और अनारदाने छोड़े जाएंगे।'

कल का इंतजार बहुत मुश्किल से व्यतीत हुआ। आखिरकार वह सुबह आई, जो दीवाली की थी। मन में बहुत उत्साह था, बाजार से कील, बतासे और लड्डू-मिठाई लाये गये। जीजा जी के साथ बाजार मैं भी गया था।

तरह-तरह की मिठाइयों को दूकान पर देखने का यह मेरा प्रथम अवसर था। मैं सभी मिठाइयों के नाम न उस समय जानता था, न आज जानता हूँ। मिठाइयों में मेरी रुचि अब नहीं है। उस समय मुझे लड्डू, पेड़ा और जलेबी की पहचान थी।

लौटते हुए छोटी आवाज वाले पटाखे, अनारदाना और छुरछुरी खरीदकर हम घर आ गए। बहुत उत्साह था, बेसब्री से इंतजार था शाम होने का, जब मिट्टी के दिए जलाए जाएंगे, बिजली के बल्बों से शहर जगमगा उठेगा, तब उस रोशनी का बहुत-सा हिस्सा आँखों में भर लूँगा, परन्तु हसरत पूरी नहीं हो

सकी। शाम गहराने के पहले आकाश में मेघराज गरजने लगे। पूरी रात बरसात हुई। घर के भीतर बिजली के बल्ब जले उनसे रोशनी निकली, उतना ही देख पाया। बाहर निकलने लायक नहीं था। कानों में पटाखों की आवाज भी सुनाई नहीं पड़ी। मन मसोसकर रह गया, मुकद्दर को कोसते हुए सो गया।

सुबह एक अन्य घटना हो गई। एक छोटा कमरा जो आँगन में था। बाकी घर से अलग-थलग बनाया गया था, उसे गोसलखाना कहते थे। जगह इतनी कि एक बकरी बांधी जा सके बस। मैं बाल्टी में पानी भरकर नहाने गया। मेरी आँखें बहुत बेचैन रहती हैं, कुछ-न-कुछ तलाशती रहती हैं। इन्हें हर पल नवीन दृश्य चाहिए। कहाँ से लाऊं इतने दृश्य? कभी-कभी जी हलाखान कर देती हैं, तब लगता है, किसी महानगर ले जाकर साड़ियों के सो रूम में इन्हें छोड़ आऊं, लेकिन ऐसा करने की कभी जुर्रत नहीं हुई। भनक लगते ही रोने लगती हैं, तब बहुत दया उपजती है इन पर, इरादा बदल जाता है। सोचता हूँ, जैसी भी हैं, अपनी ही तो हैं।

आज गुस्ताखी हो गई। गोसलखाने में लगा बल्ब फँसाने का होल्डर रिक्त था। आँखों ने इत्तला दी। वैज्ञानिक मन ने सवाल किया, 'चेक करो वह खाली क्यों है? मिलती-जुलती कोई दूसरी चीज तो नहीं?'

छूकर देखने की कोशिश हुई, कामयाबी नहीं मिली। कद से छोटा पड़ गया। मैं हिम्मत हारने वाला जीव नहीं हूँ। भीतर से लकड़ी का स्टूल लाया, उसमें चढ़कर उस होल्डर को छुआ। आगे का मुझे याद नहीं। जब याद आया, तब घर के लोगों से खुद को घिरा पाया। मैं बिल्कुल ठीक था। स्टूल का एक पैर जरूर टूट गया था। यह घटना इसलिए खास है, क्योंकि बहन की सास ने मुझे लेकर जीजा जी को खरी-खोटी सुनाई थी। आज भी उनका कहा वह वाक्य याद है, 'गाँव के इन जाहिल गंवार लड़कों को मेरे घर मत लाया करो।'

बात यहीं खत्म नहीं हुई थी। कोई भी बहन अपने भाई के प्रति ऐसे सम्बोधन बर्दास्त नहीं करेगी। बात बहुत आगे तक गई जो घर के दो हिस्से होने तक बनी रही। कारण सिर्फ मैं था।

मेरी पीड़ा का अनुमान कौन लगा सकता है?

शाम को मुझे गाँव पहुँचा दिया गया। मैंने कभी किसी से कुछ नहीं बताया। रिश्तों को बचाये रखने की जिम्मेदारी मेरी भी थी। मैं प्रत्येक उस व्यक्ति का धन्यवाद करता हूँ, जिससे मुझे पीड़ा की दौलत मिली है। अन्यथा यह लेखक सोता ही रहता। पचास लात खाने के बाद ही यह करवट बदलता है।

अक्सर गेल्हा कहा करता है- 'किसी की मौजूदगी, उपस्थिति को नकार देना उसका सबसे बड़ा अपमान है। ऐसे अपमान का बदला जरूर लेना चाहिए, लेकिन कैसे? खुद की उपयोगिता को साबित करते हुए सम्बंधित को अहसास कराना होता है कि आप जितने मेरे लिए आवश्यक हैं, उतना मैं भी आपके लिए अनिवार्य हूँ, महत्वपूर्ण हूँ। सही मायने में यही बदला है, बदला मतलब ऐसी क्रिया जो व्यक्ति को बदलने के लिये बाध्य करती है।'

महाविद्यालय की शिक्षा मेरी बहन के घर पर रहकर हुई है। चूल्हों का विभाजन जो हो चुका था, वह कभी जोड़ा नहीं जा सका। बहन का खाना-पीना अलग और सास-श्वसुर का अलग। यहीं रहकर मैंने खुद को साबित कर दिखाया कि मैं गाँव मे जन्म जरूर पाया हूँ, मेरे रग-रग में गाँव की मिट्टी घुली है किन्तु मैं जाहिल और गंवार नहीं हूँ। मैं इन सयानो का बहुत ध्यान रखने लगा। जब वे बीमार पड़ते तब डॉक्टर के पास ले जाकर इन्हें दिखाना, दवाइयाँ खरीदना और ठीक होने तक देखरेख की जिम्मेदारी मैंने अपने सर ऊपर ले ली। मैं इनके लिए धीरे-धीरे जरूरी हो गया था। वे जिस कमरे में रहते थे वह खपड़े से छाया हुआ था। पहले खपरैल वाले मकान बहुत थे। कम लोगों की हैसियत छत डालने की होती थी। मैं गर्मी की छुट्टी में गाँव आ गया था। जुलाई महीने में जब नया शिक्षा सत्र चालू हुआ तब रीवा आया। बरसात की ऋतु थी। रिमझिम बरसात हो रही थी। खपरैल से पानी टपक रहा था। वर्तन रखे गए थे ताकि पानी का फैलाव फर्स में न हो।

मैंने उनसे पूछा- 'बाबू जी इसे ठीक नहीं कराया आपने?'

उत्तर बहन की सास ने दिया, खीझकर बोली- 'गाँव

के लोग बड़े कामचोर हैं, हरामी दो रुपये ले गया और चुअन बन्द नहीं हुआ।'

एक बार पुनः गाँव कि मिट्टी के माथे लांछन लग गया। मुझसे बर्दास्त नहीं हुआ। पाजामा-कमीज उतारा और बरसते हुए पानी में सीढ़ी के सहारे चढ़कर खपड़े जो करवट लिए हुए थे उन्हें ढलान लेकर नीचे उतर आया। तीन जगह ऐसा था। पानी का चुअन बंद हो गया। वे बहुत खुश हुए।

उन्हें मुझ पर भरोसा हो गया था। एक दिन उनकी आपस की बातचीत सुनी, जो मुझे लेकर थी। रोचक बातचीत है, बताना आवश्यक है।

बाबू जी- 'लड़का होशियार है। पढ़ाई भी करता है और घर का सब काम जानता है।'

'रहा आये होशियार, आप भी होशियार रहना। कालेज में पढ़ता है। कालेजी लड़के बहुत बदमाश होते हैं। इन पर ज्यादा भरोसा रखना ठीक नहीं।'

बाबू जी- 'कइसे ठीक नहीं? सभी थोड़े बदमाश होते हैं। होता होगा कोई सौ में से एक। सब नहीं होते। अच्छे-खराब सभी समुदाय में होते हैं। किसी एक के मूल्यांकन से सभी का चरित्र निरूपित करना ठीक नहीं है।'

'आप नहीं जानते, अखबार पढ़ते हो जिसमें दिल्ली, कानपुर की खबर छपती है। पड़ोस की खबरें जो ज्यादा जरूरी होती है, वह अखबार में नहीं होती। ऐसी खबरें हम महिलाओं के पास होती हैं। आप को पता नहीं, केपी के यहाँ उनकी पत्नी का भाई रहकर कालेज की पढ़ाई करता था। वह केपी की बहन को लेकर भाग गया है। आपको छोड़कर मुहल्ले में सभी जानते हैं।'

बाबू जी- 'जवानी दीवानी होती है।'

'भाड़ में जाय ऐसी जवानी, जामे रिश्तन के समझ खतम होई जाए।'

बाबू जी- 'यहाँ तो कोई ऐसी बात नहीं?' उनकी इशारा मेरी तरफ था।

'है काहे नहीं, पास-पड़ोस तो है।'

समय के पहले दूध वाले के आगवन से बातचीत टाल दी गई। वह भी कमबख्त थोड़ी रुककर क्यों नहीं आया? ऐसी वार्ताएं बड़ी तकदीर से सुनने को मिलती है। व्यास की के लिखे अठारह पुराणों को कड़ी टक्कर देता है, निंदा पुराण।

मैं उस घर में रहकर स्नातक तक की पढ़ाई की। दोनों सयानों का बहुत खयाल रखा।

फिर गाँव आकर खेती-किसानी देखने लगा। तीन साल तक खुद को मजदूर मानते हुए खेती की। मिट्टी की खुशबू क्या होती है? यह बहुत सन्निकट से महसूसने का अवसर मुझे प्राप्त है। फसलों में जब फूल आते हैं तब मिट्टी की खुशबू में बदलाव देखा है। मजदूर के बदन से निकला हुआ पसीना कब हँसता है? कब गाता है? बहुत निकट से जाना-समझा है। उस समय खेती के प्रचलित संसाधन नहीं थे। हल-बैल से खेती की जाती थी। घर में गाय-भैंस-बकरी आदि दुधारू पशु पाले जाते थे। इनसे दूध मिलता था। इनके मल-मूत्र से खाद बनती थी जो जमीन को हमेशा उपजाऊ बनाये रखती थी। गेल्हा चाहता है पुरातन कृषि के तरीकों की जानकारी शिक्षकों के माध्यम से, पाठ्य पुस्तकों के माध्यम से नवीन पीढ़ी को बताई जाए।

मैं 1983 में बैंकिंग सेवा में आ गया। प्रथम नियुक्ति के पूर्व उनका आशीर्वाद लेने गया था। बहुत आशीर्वाद दिया था, उन दोनों बुजुर्गों ने। कुछ समेटा कुछ वहीं छोड़कर नौकरी के लिए चला गया। सबसे बड़ी खुशी की बात यह थी कि मेरे प्रति, गाँव के लोगों के प्रति उनकी सोच में बदलाव उनकी आंखों में साफ दिखाई दिया। आज की तारीख में उनमें से कोई जीवित नहीं है, न जीजा जी हैं, न बहन है जो मुझ पर स्नेह की बारिश किया करती थी, न उसके श्वसुर-सास परंतु वे यादें जो उनसे सम्बंधित है आज भी वाचाल हैं। एकांत मिलते ही मुलाकात को दौड़ पड़ती हैं। मैं भरे मन से आप लोगों को भावांजलि अर्पित करता हूँ।

*****

गेल्हा की सीख

मैं अकेला बैठा एक कप काली चाय पी रहा हूँ। ऐसा प्रायः होता नहीं, पत्नी सुबह की चाय में अक्सर साथ देती हैं। आज वे भी मुझसे रूठ गई हैं, एक छोटी-सी बात को लेकर। छोटी बात बड़ी बात न होने पाए इसलिए चाय का कप लेकर कमरे में चला गया जहाँ वे अक्सर बैठकर टीवी देखते हुए भोजन करती हैं।

उनके छत में होने की आहट मिली, वे पड़ोस की महिला से किसी विषय पर प्रसन्न मन से बात कर रही थीं। मेरी समझ में आ गया कि ऐसा कुछ नहीं है जिसे सोचकर परेशान हुआ जाए।

मेरा यह निजी अनुभव है कि एकांत में चाय पीते समय मष्तिष्क क्षमता से अधिक काम करता है। कुछ गुजरे हुए पल नए पलों से टकराकर मन-मस्तिष्क को उलझन में डाल देते हैं और हम अक्ल भिड़ाने लग जाते हैं। वास्तव में अतीत के वो लम्हे आदमी के अच्छे मित्र होते हैं, वे एकांत के पल में हाजिर होकर वर्तमान के पलों के साथ मीटिंग करते हैं और भविष्य की कार्ययोजना बनाते हैं। बेहतर जिंदगी के लिए यह होना बहुत जरूरी है।

अपने और पराए का फर्क, मान और अपमान के बीच का फर्क, सफलता और असफलता के बीच का फर्क, दोस्ती और दुश्मनी के बीच का फर्क, प्रेम और घृणा के बीच का फर्क वही व्यक्ति सोच-समझ सकता है जो जिंदगी के वीरान रास्तों में कभी न कभी तन्हा चला है, चलते हुए किसी मोड़ पर ठहर कर अपने चले हुए कदमों की समीक्षा किया है।

सोचता हूँ, अपठनीय ग्यारह पन्नों की आड़ी-तिरछी रेखाओं को कैसे समझ कर विस्तारित कर सका हूँ? ऐसी योग्यता तो मुझमें थी ही नहीं। फिर किसने मदद की मेरी? मैं बाहर निकलकर सुबह की सूर्य किरणों के समक्ष प्रश्न रखता हूँ, मुझे बताइए, बिना आपके स्पर्श के पन्नों की रेखाएं स्पष्ट क्यों नहीं होती थीं?'

'निश्चित ही आपने मुझे अलौकिक दृष्टि दी है, अन्यथा मेरी औकात तो परीक्षा देने आए उस छात्र की तरह थी जो प्रश्न पत्र की भाषा नहीं पढ़ सकता था।'

सूर्य किरणें खामोश रहीं, तभी सुदूर से आवाज आई- 'तुम्हारा कल्याण हो, तुम्हारी सहज स्वीकृति से गेल्हा अति प्रसन्न है। इतना बड़ा कार्य पूर्ण करने के बाद भी कह रहे हो कि यह कार्य मैंने नहीं किया है?'

आवाज पहचानकर मैं आवाज की दिशा में मैं दौड़ पड़ा, पैरों में चप्पल नहीं थी। बाहर निकलने योग्य शरीर में कपड़े नहीं थे। इन सबका ध्यान कहाँ? गेल्हा से मिलने की तीव्र इच्छा के आगे सब भूल गया था।

'रुक जाओ।'

रुककर मैंने कहा- 'मुझे आपसे अभी मिलना है।'

'यह उचित समय नहीं है, शाम के चार बजे सुप्रीम कोर्ट पहुँचो, वहीं हमारी मुलाकात होगी। वहीं पर तुम्हारे मन की उमड़-घुमड़ शांत होगी।'

(सुप्रीम कोर्ट कौन-सी जगह है? पाँचवें पन्ने पर विस्तृत लेख है)

आदमी के मन से बड़ा कोई भरोसे का दोस्त नहीं होता है। उसने मुझे समझाया, 'गेल्हा भले सरोवर है, स्थावर है लेकिन उससे बड़ा ज्ञानी आज की तारीख में कोई नहीं है। नियत समय और जगह पर उससे जाकर मिलो और जो भी वह कहे ध्यान से सुनना।'

मेरे घर से लगभग पाँच किलोमीटर दूर खेमसागर तालाब है। यहीं हनुमानजी का मन्दिर है। हनुमान जी का यही स्थान सुप्रीम कोर्ट कहलाता है। मैं चार बजे से पहले ही साइकिल दौड़ाता हुआ पहुँच गया। स्थान रमणीक है। तालाब की मेड़ पर हनुमानजी का मन्दिर है। तालाब का क्षेत्रफल अंदाजन सात एकड़ का हो सकता है। पूर्व और दक्षिण दिशा में गाँव आबाद है। आज जुलाई महीने की सोलह तारीख है। पखवारे भर से हो रही बरसात से तालाब आधा भर गया है, आधा रिक्त है।

अभी बारिश के दिन पड़े हैं, उम्मीद है कि अच्छी बारिश होगी और तालाब लबालब भर जाएगा।

हनुमानजी जी के दर्शन उपरांत दक्षिण दिशा की मेड़ पर आ गया। यहाँ कतार में आम महुआ, जामुन, नीम के बड़े दरख्त हैं। पीपल और बरगद के छोटे पेड़ हैं, ये दो-तीन साल पहले रोपे गए लगते हैं। मैं महुआ के पेड़ की छाँव में आकर बैठ गया और गेल्हा का इंतजार करने लगा।

ठीक चार बजे गेल्हा पहुँच गया। वह तालाब के किसी हिस्से से मुझसे बात कर रहा था। आवाज पहचानकर मन हर्षित हुआ साथ ही यह मन में सवाल उठा यह निश्चित समय पर कैसे आ गया? इसे समय कौन बताता है? तालाब तो घड़ी बाँधता नहीं है? शंका निवारण के लिए मैंने पूछ लिया- 'दादा आप किस कम्पनी की घड़ी कलाई में बाँधते हो?'

वह हँसकर बोला- 'खुश रहो, तुम्हारा विनोदी स्वभाव मुझे बहुत पसंद है। तुम इतना जान लो, हमें समय की जरूरत नहीं होती, समय को मेरी जरूरत होती है। मैं कभी समय नियत नहीं करता हूँ। कभी नियत करने की जरूरत पड़ती है, तब समय मुझे तुम्हारी घड़ी के अनुसार संकेत कर देता है। विचार करो, पहले किसी के पास समय बताने वाली घड़ी बहुत कम लोंगो के पास होती थी। जिस किसी के पास में होती थी, वह कलाई में ऐसे बांधता था कि सबकी नजर पड़ती रही, घड़ी की उपयोगिता समय बताने में कम औरों को दिखाने में अधिक होती थी।'

'दादा, मैं आपको बोलते हुए कभी नहीं देखा, आपकी शक्ल भी नहीं देखी, फिर भी ऐसा क्यों लगता है, आप हमेशा मेरे निकट रहते हैं?'

'इसी को मुहब्बत, चाहत, इश्क और सम्बंध कहते हैं। वास्तव में यही चाहतें उस गली का पता देती हैं, जो प्रिय के निवास को जाती है। परन्तु यह भी विचारणीय है, संबंध केवल मीठी आवाज या सुन्दर चेहरे से नहीं बनते, वो बनते हैं सुन्दर हृदय और कभी न टूटने वाले विश्वास से। रिश्तें वो नहीं जिसमे रोज बात हो, रिश्तें वो भी नहीं जिसमे रोज साथ हो, रिश्तें तो

वो हैं जिसमे कितनी भी दूरियाँ हों, लेकिन दिल में हमेशा उनका निवास हो और उनके प्रति सहयोग, मदद, और हित की भावना सदैव हो। मैं इन कसौटियों पर खरा उतरकर दिखाऊँगा। मैं जल में खड़ा होकर ऐलान करता हूँ, मुझे तुमसे इश्क हो गया है। जब भी तुम्हें किसी मदद की जरूरत पड़ेगी, मैं अप्रत्यक्ष रूप से हर सम्भव मदद के लिए दौड़ पड़ूँगा।'

मैं कुछ कहने की स्थिति में नहीं था, वाणी स्तब्ध और विचारधाराएं शब्दों को रोक रखी थीं। वह मेरी स्थिति भाँपकर बोला– 'तुम्हारे चेहरे पर मायूसी देखकर मैं दुखी हो जाता हूँ।'

'ठीक है, मैं खुश हो जाऊँगा, आप अगर पानी से निकल कर सामने से बात करेंगे।'

'सम्भव नहीं।'

'क्यों सम्भव नहीं, कैसे सम्भव नहीं? आप बोले थे एक दिन सामने आऊँगा, तुम मुझे देख सकोगे? क्यों मुझसे झूठ बोले थे आप? कौन सी ऐसी परिस्थिति है जो सत्यवादी गेल्हा को झूठ बोलने के लिए मजबूर करती हैं, आप बताइए मुझे?'

'ठीक है, बीच तालाब में आँखें स्थिर करो।'

मैं नजर गड़ाकर बीच तालाब में देखने लगा। कुछ समय बीते पानी की सतह पर एक आकृति ऊपर उठी। वह मात्र हड्डियों का ढ़ांचा थी। सिर और दाढ़ी में उगे बाल किसी सूख गए जंगल की तरह थे। गाल में बने दो गड्ढे किसी छोटे पोखर के हिस्से लग रहे थे। मुँह में दाँतों का नामोनिशान नहीं और सबसे भयानक उसकी आँखें, उनसे ज्वाला फूट रही थी। कुल मिलाकर बहुत डरावनी आकृति थी। मैं डरकर हथेलियों से आँखें ढँककर चीख उठा– 'नहीं।'

मैं आँखें बंद किये ही उसे सुनता रहा। वह कह रहा था, 'अब ढांचा बचा है और इससे भी तेल निकालने की कोशिशें चल रही हैं। मेड़ों पर खड़े आम, महुआ, पीपल के पेड़ सब काट डाले गए। मेड़ की मिट्टी मशीनों की मदद से मेरे पेट में भर दी गई। जहाँ पानी ठहरता था, जहाँ रंग-बिरंगे देसी और विदेशी पक्षी जल क्रीड़ा करते थे, कुमुदनी और कमल

पुष्प खिलते थे। वहाँ अब अन्न उपजाया जाता है। यह अच्छा हुआ कि उन ग्यारह पन्नों को तुम्हें सौंप चुका था। वरना खुद को साबित करने के लिए मेरे पास अन्य उपाय नहीं थे। मैं जानता था तुम मुझे हीरो मानते हो। हीरो की इमेज भी तुम्हारे दिलोदिमाग में जरूर होगी, जो सुंदर होगी, मैं उसे झुठलाना नहीं चाहता था। मैं तुम्हारी खुशी के लिए तुम्हारे सामने प्रकट नहीं होता था।'

'दादा! आप मेरे लिए आज भी बहुत खूबसूरत हो, मैं आपको देख चुका हूँ, आप-सा कोई नहीं, न भूतों न भविष्यते। आप मेरे हीरो हैं।' चिल्लाकर मैंने कहा।

'बहुत प्यार करते हो मुझसे?'

'बेशक।'

'मैं चलते-चलाते कुछ कहना चाहता हूँ, ध्यान लगाकर सुनो।

गेल्हा मेरी नजरों से ओझल हो गया है, अब मन्दिर की तरफ से आवाज सुनाई देने लगी थी। मैं ध्यान पूर्वक उसे सुनने लगा। वह बता रहा था कि,

सभी को सच बोलना चाहिए। आज आदमी के पास सब कुछ है। धन-दौलत-ऐशोआराम, और क्या चाहिए? बस भरोसा नहीं है। किसी पर रत्ती भर भरोसा नहीं है? ऐसी स्थिति सच न बोलने की वजह से निर्मित हुई है।

परन्तु सच बोलने के भी कुछ नियम-कायदे हैं, जिनका पालन होना चाहिये।

सत्यम् प्रियम् ब्रूयात्, न ब्रूयात् सत्यम् अप्रियम्।

प्रियंच नानृतम् ब्रूयात्, एष धर्मः सनातना।

तुमने मुझे झूठा कहा। मेरा इरादा तुम्हारे सामने प्रकट होने का बिल्कुल नहीं था। मैं जानता हूँ मेरा स्वरूप देखकर तुमको तकलीफ पहुँची है। मन बहलाने के लिए भले कुछ कहो, मैं सब समझता हूँ। हमेशा उस सच को छिपाना चाहिए जो प्रकट करने पर किसी को कष्ट देता है। यही नीति कहती है, यही धर्म है।

'माफी चाहता हूँ दादा, आपके प्रति लगाव की वजह से झूठा कह दिया हूँ।'

'समझता हूँ।'

'मुझे माफ कर दीजिये।'

'यह बात दिल से निकाल कर आगे सुनो- 'इंसान को एक साथ अनेक रिश्तों को जीना पड़ता है। रिश्तों में आपसी ताल-मेल और सामंजस्य के लिए बहुत ऐसे अवसर आते हैं जब झूठ का आश्रय लेना पड़ता है। ये छोटे-मोटे झूठ जिंदगी की उलझनों से बचा लेते हैं। रिश्ते बहुत महत्वपूर्ण होते हैं, इन्हें हर किसी को हर हालत में बचाना चाहिए। विखराव या टूटन से इन्हें यदि दूर रखना है तो सत्यवादी हरिश्चन्द्र बनने की जरूरत नहीं है। झूठ का भी सहारा लेना पड़ेगा। उचित मात्रा में बोला गया झूठ भी उपयोगी होता है। रिश्तों का हाथ पकड़ कर चलने वाले के समक्ष अन्य संसारी लोगों के पैर पकड़ने की नौबत नहीं आती है। आज सभी का जीवन चुनौतियों से भरा पड़ा है। सभी में जरूर कुछ कमियां होती हैं। यहाँ स्वयं के विवेक से झूठ बोलने या न बोलने का चुनाव करना पड़ेगा। ऐसी स्थिति हर किसी के जीवन यात्रा के दौरान कई मर्तबा बनती है। जब कभी ऐसी स्थितियों से सामना हो, तब सच और झूठ के प्रयोग का स्वयं निर्णय लेना चाहिए।'

'जाग रहे हो या नींद में हो।'

'आपको सुन रहा हूँ।'

'तब कुछ प्रश्न करना चाहिए?'

'प्रश्न वही कर सकता है, जिसको उत्तर का अनुमान होता है। मैं अनभिज्ञ हूँ। दादा, आप वह सब मुझे बताएं जो मेरे लिए जरूरी हो।' मैंने कहा।

वह लम्बी साँस लेकर बोला- 'जिंदगी का सफर मुश्किल भरा है। यदि न्याय होगा तो अन्याय भी होगा। मान होगा तो अपमान भी होगा। अधिकारों की रक्षा होगी कभी हनन होगा। दोनों ही स्थितियों का अस्तित्व ज्यादा नहीं होता है। इसलिए अनुकूलता के समय प्रसन्नता और प्रतिकूलता के समय नाराजगी से बचना चाहिए।'

'जी दादा, बहुत काम की बात कही आपने।'

गेल्हा मुझे सजग पाकर खुश हुआ, वह आगे बोला–
'देखो मैं तालाब हूँ, पढ़ा-लिखा नहीं हूं। मुझे धर्मशास्त्रों का ज्ञान नहीं है। एक बार सरजू पण्डित (सरजू पण्डित ग्राम मड़वा निवासी कर्मकाण्डी पण्डित थे। परम संतोषी, मिलनसार, मृदुभाषी पण्डित जी को मैंने देखा है। ये देवांशी इंसान थे) जी मेड़ पर बैठकर गाँव के लोगों से बताए थे कि श्रीकृष्ण ने अर्जुन को, रावण ने राम-लक्ष्मण को, यक्ष ने युधिष्टिर को और पितामह ने पांडवों को समय-काल के मुताबिक जो उपदेश किए हैं, वे युग-युगांतर तक प्रासंगिक रहेंगे। उनके किये हुए उपदेश पुस्तकों में लिखे हैं। उन्हें समय निकाल कर जरूर पढ़ना।

बहुत-सी पुस्तकें हैं, जो हर कालखण्ड के प्रासंगिक और उपयोगी रहती हैं। नीति के लिए महात्मा विदुर और चाणक्य को पढ़ना, प्रेम और वैराग्य के लिए महाराज भर्तहरि को पढ़ना। वे लोग अपने विचारों को पुस्तकों में लिख कर गए है।'

'आपकी याददाश्त गजब की है। सरजू पण्डित की मृत्यु को चालीस साल बीत रहे हैं, आप उनकी कही बातें अक्षरसः याद किए हुए हैं?' साश्चर्य मैंने कहा।

'मुझे बहुत याद है। मैं बहुत पुराना तालाब हूँ, मुझे अपनी आयु का निश्चित अनुमान तो नहीं है, लेकिन यह जान लो तुम्हारे नाना की कई पीढ़ियों को मैंने देखा है। वे सभी मेरे सामने जन्म पाए और मृत्यु को प्राप्त हुए हैं। कोई सोचता होगा, संचित किया हुआ ज्ञान शरीर के साथ ही नष्ट हो जाता है। ऐसा नहीं होता, शरीर अपने समय पर जीवन से पृथक हो जाएगा, किन्तु व्यक्ति के किए कर्मों की पीडीएफ फाइल को जीवात्मा सुरक्षित कर लेता है। एक कार्य की पूर्णता के लिए जीव को बारम्बार जन्म लेना पड़ता है। हर पथिक दूसरे जन्म में भी उसी पथ पर आगे की यात्रा करता है, जिस पथ पर वह पूर्व में चला होता है। तुम यदि लेखक हो तो समझ लो यह कार्य पहले से कर रहे हो, आगे भी करते रहोगे, शरीर वस्त्र की तरह बदलते रहेंगे। मोहनदास करमचंद गाँधी महात्मा थे तो वे पहले भी रहें होंगे और आगे भी रहेंगे।

पढ़ना तभी सार्थक है जब पढ़ी हुई वस्तु को कार्य-व्यवहार में लाया जाए। मुझे लगता है, आज के समय में धर्म, ज्ञान और कर्म को बहुत पढ़ा और सुना जा रहा है, सिर्फ लिखे या कहे-सुने मुताबिक अनुसरण नहीं होता है। जरूरत भी नहीं समझी जा रही है, क्योंकि बड़ी-बड़ी ऊँची बातें करने वाला परम ज्ञानी और ज्ञान की बातों को जीवन में उतारने वाला महा मूर्ख समझा जा रहा है। आदमी का अहंकार उसे ऐसा करने से रोक रहा है।'

'मतलब अहंकार बहुत बड़ा दुश्मन हुआ, यह प्रत्येक नेक कार्य में लिटिंगी मारता है, इसे पराजित कैसे किया जा सकता है?' मैंने पूछा।

'व्यक्ति के भीतर सही-गलत पहचानने की जब क्षमता विकसित हो जाती है, तब अहंकार कमजोर पड़कर नष्ट हो जाता है।'

'अहंकार सूक्ष्म तत्व है, अदृश्य है, इसकी पहचान क्या है?'

'जब अन्य का कद अपने कद के आगे बौना दिखाई देने लगे, तब समझ लेना ऐसी नजर अहंकार की देन है।'

मैं ध्यान से गेल्हा की बातें सुन रहा था कि मन्दिर तरफ से शोर सुनाई दिया। आज भगवान जगन्नाथ की रथयात्रा भी है। शहर तरफ से कुछ लोग कार में बैठकर हनुमानजी के दर्शन को आये हुए हैं। साथ में बच्चों की टीम है। बच्चे उधम और शोर करेंगे ही, यही इनका स्वभाव है।

सम्भाषण में खलल उत्पन्न हुआ, गेल्हा ने मुझसे कहा कि मन्दिर तरफ चले जाओ। तुम्हारा कोई परिचित आया हुआ है, जाकर उससे मिल लो। मैं भी थोड़ा विश्राम कर लूँ। आधे घण्टे बाद पुनः इधर चले आना। तब और बात होगी।

मैं मन्दिर तरफ आ गया लगभग पन्द्रह लोग सुप्रीम कोर्ट के हनुमानजी के दर्शनार्थ आये थे। पुजेरी जी मन्दिर के भीतर जाकर माला-प्रसाद चढ़ा रहे थे। इस मंदिर में दर्शनार्थियों की आवाजाही कम रहती है। इसलिए माला-प्रसाद की यहाँ दूकान नहीं है, नारियल, रेवड़ी, चना और लड्डू का प्रसाद जिसे चढ़ाना

होता है, वह रीवा से लेकर आता है। प्रसाद लाना स्वेच्छिक है, लाना आवश्यक नहीं है। सभी के रेट्स बढ़ गए हैं, तहसील का चपरासी कभी दस रुपये में खुश होकर साहब के दस्तखत को सील ठोंककर सही कर देता था, अब उसे पचास रुपये चाहिए। कभी सौ रुपए में गंगा स्नान हो जाता था, वहीं अब पाँच सौ रुपये कम पड़ते हैं। लेकिन भगवान के घर में सब मन की इच्छा पर है, वे किसी से कुछ नहीं कहते।

सचमुच में गेल्हा बहुत दूर तक देखता है, उसकी आँखों में दूरबीन फिट है। उसकी बात सही निकली। वे सपरिवार हनुमानजी जी के दर्शन को आये हुये थे। वे इसी साल बैंक की सेवा से रिटायर हुए हैं। मुझे अंदाजा हुआ कि उनके देयक रुके होंगे तभी वे फरियाद लेकर आये हैं। मुलाकात हुई, नयन चार हुये, चेहरे मुस्कुराए, लबों पर बोल फूटे– 'भाई साहब इधर कैसे आना हुआ?'

'जैसे आप।' मैं झूठ बोल गया, गेल्हा से मिलने आया हूँ, उन्हें कैसे बताता?

यह उनके स्तर की बात नहीं थी। यह आवश्यक है कि व्यक्ति के दिमागी लंबाई-चौड़ाई और रुचि को भाँपकर यथोचित संवाद करना चाहिए। गाँव के खेतिहर मजदूर से देश की अर्थव्यवस्था पर चर्चा करना खुद की नासमझी कहलायेगी।

उनसे इधर-उधर की बात होती रही। उन्होंने बताया पुरानी जाँच पूरी न होने की वजह से सभी क्लेम रोक दिए गए हैं। मैंने उन्हें समझाया कि आपकी समस्त देयताएं सूद सहित लौटाई जायेगीं, आप फिक्र न करें। बात अभी चल ही रही थी कि उनका फोन बज उठा। अच्छी सूचना थी, क्षेत्रीय कार्यालय से बताया गया कि देयताओं के भुगतान के आदेश आ गए हैं। कल उपस्थित होकर प्राप्त कर लें।

खुशी से उनकी बाँछें खिल गई। वे खुशी के उछलकर मुझसे लिपट गए। मैंने पीठ थपथपाई ताकि उनकी यह तात्कालिक खुशी ठीक से हजम हो जाए।

'भाई, आपके मुँह में घी शक्कर, आपके कहने के साथ ही फोन बज उठा था,

'मेरी कोई करामात नहीं है, हनुमानजी जी की कृपा कहो। उन्होंने तत्काल एक्शन लिया है।'

वे हनुमानजी जी की मूर्ति के आगे पेट के बल लेट गए। पुजारी जी जब उनसे आकर कहे कि उठ जाओ भाई, परिक्रमा पथ बाधित हो रहा है, तब वे उठे। अब वे प्रसन्न होकर मुझसे पूछ रहे थे- 'आपका समय कैसे कटता है?'

'मैंने बताया, भाई लेखक हूँ, मेरे लिए तो समय कम पड़ जाता है।'

'क्या लिखते हैं, पहले तो आपको लिखते हुए नहीं सुना? हाँ आपकी लिखावट जरूर कमाल की है।'

'साहित्य सेवा में हूँ, जो हुक्म मिलता है, वही लिखने लगता हूँ।'

पैसे के व्यापारी क्या समझे साहित्य किसे कहते हैं? साहित्य की सेवा क्या होती है? वे दिमाग लगाकर बोले- 'मतलब कोई नया जॉब किये हो।'

'ऐसा ही समझ लीजिए।'

'वेरी गुड, तनख्वाह कितनी है?'

'जो गिनी नहीं जा सकती है।'

'मैं समझा नहीं?' वे बोले।

'यह सबकी समझ में नहीं आती, इसे समझने के लिए दिमाग में जमा सड़े हुए, बदबूदार मलबे को हटाना पड़ता है। हनुमानजी जी की कृपा से आपके रुके हुए फण्ड रिलीज हो गए हैं। आप खुशी-खुशी घर जाइये। मुझे भी काम है।' उठते हुये मैंने कहा।

वे चले गए, मैं भी वहाँ जाने के लिए चल पड़ा हूँ, जहाँ पहले बैठा हुआ था, महुआ की छाँव तले, ऐसे लोगों पर लानत भेजते हुये, जिनका पैसा ही ईमान है, सखा है, धर्म है और भगवान है। कुछ देर यूँ ही बैठा रहा, गुमसुम, तालाब के पानी को निहारते हुये। यह तालाब अभी सुरक्षित है, शहर के दूर होने की वजह से भू-माफियाओं की कुत्सित नजरों से बचा

हुआ है, यह अच्छा है वरना वे तालाब के साथ हनुमानजी जी को भी बेंच डालते। मन्दिर की दिशा से जानी-पहचानी आवाज सुनाई पड़ी– 'आ गए?'

'जी दादा।'

'अब घर जाओ।'

'क्यों? आधे घण्टे बाद आप बुलाये थे?'

'अब और ठहरने का मन नहीं है। तुम भी घर जाओ। दिन का अवसान सन्निकट है। इसलिए, घर जाना उचित है। 24 जुलाई को गुरु पूर्णिमा है। यहीं चले जाना। वह हमारी अंतिम मुलाकात होगी।

'अंतिम मुलाकात? ये आप क्या कह रहे हैं?

'इस प्रश्न का उत्तर उसी दिन दूँगा। अभी जाओ, मैं भी चलता हूँ।'

*****

अनन्त की यात्रा में गेल्हा

24 जुलाई 2021, आज गुरु पूर्णिमा है, मेरी जन्म तिथि भी है। तीन बजे हैं, आकाश से अंगारे बरस रहें हैं, कड़ी धूप है। कुछ ऐसा ही मौसम उस साल भी रहा होगा, जब मेरा जन्म हुआ था। नानी बताया करती थी, भयंकर सूखा पड़ा था। कहने को आषाढ़ के दिन थे। तेज बरसात करने वाला आद्र नक्षत्र बिना बरसे बीत गया था। कुओं में पानी नहीं था। पीने का पानी इधर-उधर से लाते थे। वह भी मटमैला, किसी तरह से उसे छानकर पीने योग्य बनाते थे। यह तो अच्छा था गेल्हा में पानी रहा, सन्नई में जलधाराओं के टूटने के बावजूद भी गहराई वाली जगहों पर पानी था। पशु-पक्षियों के लिए पानी सहज उपलब्ध रहा। प्रकृति के चितेरे ने बहुत विचार कर इसी समय के लिए जलाशयों की संरचना की है।

'वृक्ष कबहुँ नहिं फल भखें नदी न संचय नीर।

परमारथ के कारनय साधुन धरा शरीर।'

गुरु पूर्णिमा की वजह से मन्दिर में भीड़ थी। नीचे सड़क पर कतार में वाहन खड़े थे। वैसे पूरे आषाढ़ के महीने में लोगों की भक्ति जागी रहती है। पूजा-पाठ, दान-दक्षिणा के लिए यह महीना खास होता है। इसे व्यास पूर्णिमा के नाम से भी जाना जाता है। मान्यता है कि मानव समुदाय को चार वेद, अठारह पुराण देने वाले महर्षि द्वैपायन व्यास का जन्म इसी पूर्णिमा को हुआ था। उनसे ही मानव जाति को चारों वेद का ज्ञान मिला है। वे प्रथम गुरु हैं, उन्हीं के सम्मान में उनके जन्म की तिथि यानी आषाढ़ मास की पूर्णिमा को गुरु पूर्णिमा कहा गया है।

दर्शनोपरांत मैं मेड़ के शांत हिस्से में बैठकर गेल्हा का इंतजार करने लगा। अचानक मैंने देखा बीच तालाब में पानी का एक बड़ा-सा बुलबुला उठा, जिसे देखकर आश्चर्य हुआ, इतना बड़ा बुलबुला पहले कभी नहीं देखा था।

उस जगह से उठकर दूर जाकर बैठने की मन में इच्छा जागी ही थी कि गेल्हा की आवाज कानों में सुनाई पड़ी– 'आ गए?'

'जी दादा, मैं आपका ही इंतजार कर रहा था।'

'जानता हूँ, मैं भी शीघ्र पहुँचने को बेकरार था।'

'हनुमानजी जी के दर्शन कर आए?' उसने पुनः पूछा।

'कर आया हूँ दर्शन, किन्तु खाली हाथ उनके सामने गया। मन्दिर में आज बहुत भक्त आये हुए हैं। सबके हाथ में कुछ न कुछ है। मैं कुछ लाया नहीं। सिर्फ हाथ जोड़कर इधर चला आया। मन में बहुत क्षोभ है।'

गेल्हा की खनकदार हँसी के साथ उसकी आवाज सुनाई पड़ी- 'बहुत भोले हो, तुम्हारा यही भोलापन हनुमानजी को पसंद है।'

सुनो, 'भगवान के समक्ष स्वयं को श्रद्धा और विश्वास के साथ प्रस्तुत कर देना ही पर्याप्त है। यह ऐसी जगह है, जहाँ जाने के लिए समय, साधन, विधि-नियम की कोई आवश्यकता नहीं है। किसी शायर ने बहुत बड़ी बात कही है, 'दिल के आईने में है तस्वीरे यार की,

बस जरा गर्दन झुकी दीदार हो गया।'

'कुछ विचार धारा के लोग भगवान के अस्तित्व को स्वीकार नहीं करते हैं। कहते हैं, यह भ्रम है, धोखा है। आप कुछ इस सम्बंध में कहें।' मैंने अनुरोध किया।

गम्भीर विषय है, ध्यान से सुनना- 'जिस पदार्थ का अस्तित्व तो हो परंतु वह खुली आँखों से दिखाई न देता हो तब उसके बारे में स्वयं की जिंदगी के उन पलों को याद करना चाहिये। ऐसे लम्हों से हरेक को दो-चार होना पड़ा होगा, जरा सोचो, जब संसार के समस्त सहारे हाथ उठा लिए थे, मदद और उम्मीद देने वाली आंखें दूर देखने लग गई थीं। बेसहारा थे, तब किसे याद किए थे? और कौन आकर आपकी मदद की थी? और लोगों से पूछिए, मेरा यकीन है, सभी का अंदाजा आपस में मेल खाता हुआ मिलेगा। तब अविश्वास कैसा? कोई तो है अदृश्य में जो मदद करने को दौड़ा। विभिन्न धर्मों में भगवान की मान्यता का यही आधार है। मूल तत्व यही है।'

'जहां तक उन प्रतीतियों की बात है, अंदाजे की बात है जिनके आधार पर हम भगवान के स्वरूप के बारे में कल्पना करते हैं। उनके पीछे आज जो घट रहा है, या जो भूतकाल में घटा है, या जो भविष्य में घटने जा रहा है, उसकी एक वजह है, उसका एक निश्चित उद्देश्य है। ये वजह और उद्देश्य किसने निर्मित किया है? मैं तालाब हूँ, एक जगह पर स्थिर रहा, लेकिन उन तमाम घटनाओं का साक्षी हूँ जो हमारे सामने घटित हुई हैं। मैं वेद-पुराण या पढ़े-लिखे लोगों की तरह बात नहीं कर सकता हूँ। मैं सिर्फ अपना तजुर्बा कहूँगा, जो देखा है और जो भोगा है। मैं उन घटनाओं का चश्मदीद गवाह हूँ, जिन घटनाओं को इंसान भूल चुका है परंतु मुझे याद है।' मैं अब इस निष्कर्ष पर पहुँचा हूँ कि उन घटनाओं, गतिविधियों के पीछे जितने भी कारण रहे हैं। वे किसी अदृश्य की जानकारी में रहे हैं और वह वैसा ही चाहता था। कोई भी घटनाओं और उनसे जुड़े कारणों से इंकार नहीं कर सकता है, क्योंकि खुद देखा है, अनुभव किया है। अब कोई स्वीकार करे या इंकार करे, कारण और घटना घटित करने वाला तो मौजूद है ही। उसके होने या न होने का प्रमाणपत्र लिखने की कूबत किसी में न पहले कभी थी, न आज है, न कभी होगी। वह किसी की मान्यता का मोहताज भी नहीं है।'

'दादा, आपके कहने का मतलब ये तो नहीं कि संसार में जो कुछ घटित हो रहा है या भविष्य में घटित होगा उस अदृश्य की इच्छा पर निर्भर है, तब वह अप्रिय घटनाओं को रोकता क्यों नहीं?'

'बहुत कोशिश करता है, बारंबार चेतावनी देता है, परन्तु आदमी अनसुना कर देता है, तब उसकी नाराजगी तो झेलनी ही पड़ेगी। आज जो सूखा, बाढ़, भूस्खलन, आंधी-तूफान और तरह-तरह की बीमारियाँ देख रहे हो, उनके कारण में इंसान है। उसने प्रकृति को नुकसान पहुँचाया है, तो प्रकृति भी बदला लेगी। भगवान हमें समय-समय पर सावधान करता है, प्रत्येक गलती पर संकेत देता है, ऐसा करना उचित नहीं, गम्भीर परिणाम भुगतने पड़ सकते हैं, लेकिन कोई उन संकेतों की भाषा को समझ नहीं रहा है।'

चर्चा बहुत गम्भीर हो चली थी। गेल्हा में ज्ञान का अकूत भंडार है। दुख इस बात का है कि उसने जो देखा है और भोगा है उसकी चर्चा कभी इतिहास के पन्नों में दर्ज नहीं होगी। विषय बदलकर मैंने पूछा- 'पिछली मुलाकात में आपने कहा था, 'यह हमारी अंतिम मुलाकात है।' आप मुझे छोड़कर दूर चले जाएंगे ऐसा तो मैंने सोचा भी नहीं था।'

वह मुझे डाँटकर बोला, उसकी आवाज तल्ख और तेज हो गई थी- 'कैसी बातें करते हो? अज्ञान की बातें अज्ञानियों को शोभा देती हैं, तुम्हें नहीं। यहाँ आने-जाने का वक्त सभी का पहले से मुकर्रर है। यह तो अच्छा है मेरे जाने का वक्त मुझे पूर्व से ज्ञात है।'

मैं क्या कहता? मेरे पास अब कहने को कुछ बचा ही नहीं था। मन्दिर की तरफ शोर बढ़ गया था। कभी न बजने वाली बड़ी घण्टी को भक्त गण लगातार बजा रहे थे। मैं मन्दिर से दूर बैठा हुआ था, लेकिन अनुमान यही हुआ कि घण्टी बजाने के लिए लोग कतार लगाए हुए हैं।

'क्या सोच रहे हो?' गेल्हा की आवाज पुनः कानों में पड़ी।

'कुछ नहीं।'

'दादा, पर गुस्सा हो गए न?'

'जी, ऐसी बात नहीं।'

'दादा से झूठ नहीं चलेगा। मैंने तुमसे वायदा किया है कि जब भी मुझे याद करोगे, अपने सन्निकट पाओगे। उम्मीद है मुझे पहचान लोगे।'

'मुझे आपसे बिछुड़ने का दुख है, और कोई बात नहीं है।' धीरे से मैंने कहा।

'समझता हूँ।'

'आप कहाँ जाओगे?'

'अपनी प्रेयसी सन्नई के पास। वह विकलांग है, फिर भी कुछ जल उसने बचा रखा है, मेरे पास भी थोड़ा सा जल शेष है। जल से जल का मिलन पूर्ण होते ही हम पाताल लोक

की यात्रा में निकल पड़ेंगे। हमारी यात्रा तारीख बदलने के पहले शुरू हो जाएगी।'

मैं उसे रोक नहीं सकता था, सिर्फ उसके जाने का मातम मना सकता था। किंतु यह भी तकदीर में मेरे नहीं था। वे बड़े तकदीर वाले हैं, जो अपने प्रियजन की अंतिम विदाई का मातम मना लेते हैं। विद्वान गेल्हा मेरी मनःस्थिति पढ़ लिया था। वह मध्दम स्वर में बोला- 'मन छोटा मत करो, यह संसार सागर है, इसे वह भी पार करता है, जिसे तैरना नहीं आता है और वह भी जो कुशल तैराक है। मैं पहले भी वायदा किया हूँ, जब तुम्हें मेरी जरूरत लगे, चुल्लू में पानी भरकर मेरा आह्वान करना मैं उपस्थित हो जाऊँगा। एक और महत्वपूर्ण बात कहता हूँ, ध्यान से सुनो।'

उर्ध्वगामी साँस को रोककर वह कहने लगा- 'मन्दिर के घण्टियों की आवाज सुन रहे हों न, उन्हें रोज सुबह-शाम बजना चाहिए, हर देवालय में, हर घर में ध्वनि की आराधना होनी चाहिए। सारा खेल ध्वनि और शब्दों का है। शब्द रचे जाते हैं, लिखे जाते हैं, पढ़े जाते हैं, बोले जाते हैं। शब्द मुस्कुराते और हँसते हैं। शब्द घाव देते हैं, लड़ते-झगड़ते हैं। किंतु शब्द मरते नहीं, शब्द थकते नहीं, शब्द रुकते नहीं, इसलिये शब्दों से कभी खेलना नहीं। शब्द आग लगाते हैं और आग बुझाते भी हैं। शब्द शारदा और सरस्वती के प्रकट स्वरूप हैं। इन्हें हमेशा सम्मान देना। मैं, खासतौर पर आजकल के लीडरों, धर्म गुरुओं, अफसरानों, लेखकों और मीडिया से जुड़े लोगों से निवेदन करता हूँ कि आप लोग देश हित में, समाज के हित में भाषा और शब्दों का चयन बहुत सोच-समझ के करें। जल में आग लगाने वाले शब्दों का प्रयोग भूलकर भी मत करें, अन्यथा जब पानी खौल उठेगा तब कोई जिंदा नहीं बचेगा, न तुम न हम, न यह कायनात।''

'शब्द और ध्वनि को विस्तारपूर्वक बताइए।' मैंने अनुरोध किया।

सुनो- 'शब्दों के उच्चारण से ध्वनि निकलती है। किसी वस्तु में चोट करने पर जैसे घड़ियाल-घण्टी या कोई

वर्तन और फूँकने पर जैसे शंख से ध्वनि निकलती है। उत्तम शब्दों के उच्चारण यथा उत्तम पठन, उत्तम वाचन या उत्तम किस्म के वाद्य यंत्रों के बजाने से, उत्तम गायन से या उत्तम किस्म के आघात या अन्य विधियों से जो ध्वनि उत्सर्जित होती है, उससे सकारात्मक ऊर्जा निःसृत होती है। विपरीत इसके साधन की गुणबत्ता को दरकिनार कर जो ध्वनि पैदा की जाती है, इसे शोर कहते हैं। इससे नकारात्मक ऊर्जा उत्सर्जित होती है। आज दुनिया में जो मारकाट, छीन-झपटी, पापाचार-व्यभिचार देख रहे हो, वह कुछ नहीं, सिर्फ और सिर्फ नकारात्मक ऊर्जा का प्रभाव है। हम आधुनिक हो गए हैं, ऊँचे-ऊँचे मकान बना लिए हैं। सड़क, बिजली, टेलीफोन हमारे पास है। सूर्य, चंद्रमा और मंगल की परिक्रमा कर लौट आए हैं। हमें पता नहीं हैं, इस यात्रा के एवज में कितनी मात्रा में नकारात्मक ऊर्जा को संचित कर लाए हैं। जरूरत थी मन्दिर जाकर भगवान की मूर्ति की परिक्रमा करते लेकिन ऐसा नहीं हुआ। हम सैकड़ों टन जहरीली गैस पैदा करते हुए मंगल ग्रह की परिक्रमा करने चले गए। क्या जरूरत थी वहाँ जाने की? क्या धरती कम पड़ रही थी? यदि ऐसा था तो समुद्र से जाकर निवेदन करते, वह घर बनाने की जगह जरूर देता?'

गेल्हा की आवाज में तल्खी और कम्पन महसूस होने लगा था। यह और आगे न बढ़े इसलिए मैंने रोककर पूछा- 'मुझे क्या करना चाहिए दादा! आप मेरे हित की बात बताओ?'

'यहाँ उसी का जीवन सुरक्षित बचेगा जिसके पास सकारात्मक ऊर्जा होगी।

यह उत्तम विचार, उत्तम पठन, उत्तम संगीत श्रवण या मंत्रोच्चारण से प्राप्त होगी। मानसिक शक्ति बढ़ेगी। इसके प्रभाव से दैहिक, दैविक और भौतिक ताप का तुम पर कोई प्रभाव नहीं पड़ेगा। मानसिक शक्ति के बल पर ही व्यक्ति सफल, स्वस्थ और शक्तिशाली महसूस कर सकता है।'

'मंत्र के विषय में भी कुछ बताओ दादा।'

'किसी मन्दिर या घर में जो पूजा स्थल बनाया हो वही शांत मन, पूर्ण श्रद्धा-विश्वास के साथ मंत्र का जाप करना

चाहिए। रुचि अनुसार किसी भी मंत्र का चयन किया जा सकता है। ध्यान देने वाली बात है यहाँ भी शब्दों का ही चमत्कार है। मंत्र में वह शक्ति है जो नकारात्मकता को पूर्णतः समाप्त कर देती है। बुरे विचार दूर हो जाते हैं, अच्छे विचार आ जाते हैं। लगातार अच्छी भावना और विचारों के प्रवाहित होते रहने से जीवन में हो रही बुरी घटनाएं रुक जाती है और अच्छी घटनाएं होने लगती है। यदि आप सात्विक रूप से निश्चित समय और निश्चित स्थान पर बैठकर मंत्र का जप करते हैं तो आपके मन में आत्मविश्वास बढ़ता है साथ ही आपमें आशावादी दृष्टिकोण भी विकसित होता है जो कि जीवन के लिए बहुत जरूरी है।'

बहुत बूढ़ा लग रहा था आज गेल्हा, आज उसकी बातचीत से हास्य और कोमल स्वर नदारद मिले, बातचीत के लहजे में तल्खी थी, दुनिया के प्रति नफरत और शिकायत थी। मैंने मन बहलाने के लिए उससे कुछ गाने का अनुरोध किया। वह थोड़ी नानुकुर के बाद मान गया और ऊँचा आलाप लेकर गाने लगा–

'चलो फिर आज हम दोनों, करें कुछ प्यार की बातें।

गुलों–गुलजार की बातें, दिलों–दिलदार की बातें।

मगन होकर कभी आकाश से नजरें मिला करके।

कभी बदली की आँखों से लगा काजल चुरा करके।

करें सूरज के आने तक मधुर अभिसार की बातें,

चलो फिर आज हम दोनों करें कुछ प्यार की बातें।'

'वाह, वाह दादा! क्या सोज है, क्या कशिश है? आपकी आवाज जादू करती है। सचमुच आप महान गायक हो। आपकी आवाज चन्द्रहास आत्मा से मिलती-जुलती है।' जितनी मुझे आती थी उससे ज्यादा की तारीफ मैंने कर दी। तालियों ने भी बेहतरीन संगत दी।

वह हँसा, लेकिन यहाँ भी बदलाव। आज हँसने में वह खनक नहीं, वो असर नहीं जिसे सुनकर नदी का पानी मुस्कुरा उठे, हवाएँ खिलखिला उठें, दिशाएँ गूँज उठें। आज वह रुतबा

किसी एंगल से नहीं दिखाई दिया जो उसे दबंग गेल्हा निरूपित करता है। बिछुड़ने का दुःख उसे भी होगा। चार महीने से हम दोनों साथ-साथ सफर में रहे हैं। मुझे बहुत रंज हो रहा है। मुझे रोने की तलब हो रही है किंतु रो नहीं सकता, उसे बुरा लगेगा।

'आज तुम्हारी जन्म तिथि है?' उसने पूछा।

'जी दादा!'

'कितने साल पूरे हो गए?'

'तिरसठ।'

'घर में कुछ उत्सव या वो क्या कहते हैं? बुढ़ापे में याददाश्त भी गच्चा देती है, हाँ-हाँ याद आया, केक-सेक का प्रोग्राम रखते हो?'

'जी नहीं, सिर्फ मन्दिर जाकर भगवान के दर्शन कर आते हैं।'

'बहुत सही, वास्तव में जन्मतिथि कोई उत्सव नहीं है। जीवन के कलेंडर से एक साल कम होने पर कैसा उत्सव? कैसी खुशी? किस चीज की शुभकामना? मेरे विचार से आज के दिन उत्सव न मनाकर बीते वर्षों की समीक्षा करनी चाहिए। अब तक मैंने क्या किया? गृहस्थी चलाने के साथ-साथ ऐसा कौन-सा जरूरी कार्य था, जो मुझे करना चाहिए था, परन्तु छूट गया है। जीवन के आगे का साल मिलने के उपलक्ष्य में भगवान का धन्यवाद करने के साथ छूटे हुये कार्य को पहचानकर पूर्ण करने का संकल्प लेना चाहिए।'

शाम के पाँच बजे थे। तालाब के पानी से चलकर आती हुई हवाएँ अब तक कि उमस को दूर खींच ले गई थीं। एक प्रश्न और दिमाग को चर रहा था। मैंने गेल्हा से पूछना उचित समझा- 'दादा, आगे का पचास साल कैसा होगा? जैसा है, वैसा ही बना रहेगा या कोई परिवर्तन होगा।'

वह बोला तो, लेकिन आधे शब्द गले में ही फँसे रह गये। उसे खाँसी उठ आई थी। तब मैंने कहा, दादा! रहने दीजिए आपको खाँसी आ रही है।'

वह पुनः बोला, आवाज स्पष्ट थी किन्तु निराशा और मायूसी से आवाज काँप रही थी, जैसे वह बहुत बूढ़ा हो गया हो, 'देखो दोस्त! जो मैं देख पा रहा हूँ, वह बहुत भयावह है। इस विषय पर सवाल न उठाते तो अच्छा था। अब चूँकि पूछ ही लिए हो तो बताना जरूरी है। जैसा चल रहा है, यह ठीक नहीं है, यदि ऐसा ही चलता रहा तो आज से पचास साल बाद नेचर में बहुत तब्दीलियाँ होंगी। धरती का ताप बहुत बढ़ जाएगा। जलाशय सूख जाएंगे, जल जीव, वनस्पतियां, पेड़-पौधे बिना पानी के मर जाएंगे। समुद्र से बादल पानी लेकर नहीं उड़ पाएंगे, जिससे बरसात नहीं होगी। धरती में भी बहुत सारे परिवर्तन देखने को मिलेंगे। धरती में अनाज पैदा करने की क्षमता कम हो जाएगी। अकाल पर अकाल पड़ेंगे, रोगाणुओं की वृद्धि होगी। तरह-तरह के रोगों से मानव समुदाय कष्ट भोगेगा। नेचर परिवर्तन की वजह से आदमी का स्वभाव बदल जायेगा, बुद्धि क्षीण हो जाएगी। वह सही-गलत का फैसला नहीं कर पायेगा।'

'समाज में क्या परिवर्तन आएगा?' मैंने अगला प्रश्न किया।

इस सवाल पर गेल्हा हँस पड़ा, आज की उसकी प्रत्येक गतिविधि असाधारण थी– उसने बताया, 'समाज को कुदरत तब तक छोटा कर देगी, कम लोग जीवित रहेंगे लेकिन इतने भी कम नहीं होगें, बस्ती में आग लगाने के लिए वे पर्याप्त होंगे। कुछ सामाजिक परिवर्तन और समझ में आ रहा है।

बूढ़े लोगों की संख्या बढ़ जायेगी, संयुक्त परिवार की अवधारणा पूरी तरह से समाप्त हो जाएगी। स्त्री तथा पुरुष को हर क्षेत्र में समान अधिकार दिए जा चुके होंगे। संस्कार और संस्कृति इतिहास बन जाएंगी। छुआछूत जाति प्रथा पूरी तरह खत्म हो जाएंगे। अवसाद ग्रसित लोगों की संख्या बढ़ जायेगी। लोग अधिक तादाद में आत्महत्या करने लगेंगे।'

बोलते हुए वह अचानक रुक गया। तब मैंने कारण पूछा, वह धीरे से बोला– 'अब बस करो, अधिक नहीं बताऊँगा लेकिन सत्मार्ग में चलने वाले, ईश्वर को पुकारने वाले हर आपदाओं से रक्षित रहेंगे। उनकी तय समय से पहले मौत नहीं होगी।'

'मेरे लिए कोई जरूरी बात?'

'जुदा कुछ नहीं है, जो कार्य सामने दिखाई पड़ जाए बिना परिणाम की चिंता किए हुए उसे ईमानदारी के साथ पूर्ण करने की सदैव कोशिश करना। अभी तुम्हें कुदरत की, समाज के कमजोर अबोले लोगों की, मूक जीव-जंतुओं की, स्थावर जलचर-थलचरों की आवाज को, संवेदना को, लिपिबद्ध करने का काम मिला हुआ है, उसी में ईमानदार से लगे रहो। यही तुम्हारा धर्म है। जमाने के डरावने मुखौटों से कभी डरकर अपनी ड्यूटी में बदलाव मत करना। मैं धरती से जा जरूर रहा हूँ, किन्तु बीच-बीच में आकर तुम्हारा निरीक्षण भी करूँगा। चूक करोगे तो दंड भी दूँगा, तुम्हारा गेल्हा दादा अभी मरेगा नहीं, उसमें बहुत जान बाकी है।'

मुझे अजीव तरह की पीड़ा का अहसास होने लगा था, जैसे शरीर का कोई अनचीन्हा-अनदेखा किन्तु बहुत प्रिय और महत्त्वपूर्ण हिस्सा कटकर अलग हो रहा हो।

'समय क्या हुआ?' गेल्हा की आवाज सुनाई पड़ी।

'साढ़े पाँच हुए हैं।'

'तुम्हारा कल्याण हो, दिगदिगन्त तक कीर्ति और यश का फैलाव हो। अब मैं चलता हूँ। बिदा दोस्त, बिदा।'

अचानक आँधी आ गई, तालाब की मेंड़ पर खड़े पेड़ों की डालियाँ मेंड़ की जमीन को छूने लगीं। मन्दिर के इर्दगिर्द में फेंकी गई पन्नियाँ पंख लगाकर उड़ने लगीं। तभी तालाब के मध्य का पानी तेज आवाज के साथ ऊपर उठा। मन्दिर तरफ भय व्याप्त हो गया। कमजोर दिल वाले घर की राह पकड़ लिए। खोजी प्रवृत्ति वाले शंका से धिर गये। लाल बुझक्कड़ अनुमान लगाने लगे, कोई कहता, 'तालाब में हाथी कूदा है।' कोई कहता, 'पहाड़ का टुकड़ा टूटकर गिरा है।' वास्तविकता से केवल मैं परिचित था, यह गेल्हा का महाप्रयाण था, वह यहाँ से जा चुका था।

मैं साइकिल घसीटते हुए भारी मन से मेड़ उतरने लगा। धूप अब नहीं थी। सूर्य देव को बादलों ने आंशिक ढँक लिया

था। मैं घर ले जाने वाली टूटी-फूटी कंक्रीट की सड़क पर धीरे-धीरे बढ़ रहा था कि कानों में आवाज सुनाई पड़ी- 'पायलगी (चरण स्पर्श) चाचू।'

दो पल ठहरकर मैंने इधर-उधर ताक-झाँक किया, कहीं कुछ नहीं। मन का भ्रम मानकर फिर से चल पड़ा, तभी फिर से आवाज सुनाई दी- 'पच्छिम मा ऊपर देखा चाचू! तोहार बहू तोहरे गोड़े गिरत है।'

अरे! यह तो बंटी की आवाज है। आकाश पर आँखों को ले गया जहाँ सूर्यास्त का कोना नियत है। रुपहले बादलों के बीच दो मानव आकार मुझे दिखाए दिए, अनुमान से पहचान गया, यह बंटी और उसकी पत्नी बदरी है। साइकिल हाथ से छूटकर जमीन पर गिर गई और दोनों हाथ आकाश की ओर उठ गए।

*****

157/ गेल्हा

उपसंहार

जब कभी अकेलापन महसूस करता हूँ, तब उन पलों को महसूसता हूँ जो कभी अपने थे। मैं ईश्वर का धन्यवाद करता हूँ, वे पल आपकी निगेहबानी और नजरसानी में अब तक स्मृतियों के खजाने में महफूज हैं। यदि अतीत के पल न होते तो वर्तमान का अनुवाद कौन करता? कैसे सम्भव होता आने वाले कल के स्वरूप की घोषणा करना? गुजरा हुआ लम्हा ही वर्तमान का अनुवादक और भविष्य का वक्ता है।

बहुत से पलों को पुस्तक में दर्ज नहीं कर सकने का मन मे मलाल है। गेल्हा चला गया है। बड़े शान से गया है, शोर उठाकर गया है। गेल्हा की तरह जाना मुझे भी पसंद है। कुछ जमीन के कदम डगमगाएं, दरख्तों की डालियाँ हिलें, रास्ते पर पड़े पत्थर करवट बदलें, फूल खिलने से मना कर दें, तितलियाँ उपवास में रहें, परिंदे शोक वाचन करे, बदलियों के गीले नयन धरती पर चू पड़ें। मेरी अंतिम यात्रा में कोई चले या न चले, गुजारिश नहीं करूँगा। मुझे सिर्फ दरकार है, सुरों की बाँह थामकर नन्दलाल चले, इबादत का स्वरूप चले जिसके आगे ताजिंदगी सर झुकाया हूँ, और चिमटा लेकर वह अंधा बाबा भी साथ चले जो मन की गाँठें खोलता है। बस इतना सामान बहुत है।

मुझे अपनी विरादरी-समुदाय के लोगों से उम्मीद नहीं है, मैं उनसे कुछ कहूँगा भी नहीं। वह मुझे समझाकर गया है, तसल्ली देकर गया है, परन्तु उसके चले जाने से मेरे भीतर शून्यता आ गई है। किसी काम मे मन नहीं लग रहा है। साल 2021 के जुलाई महीने की आखिरी तारीख की भोर है। बेमन से हाईकोर्ट के मुख्य न्यायाधीश हनुमानजी जी के दर्शन को चला आया हूँ। मेरे पास आज कभी न भरने वाले खालीपन के सिवा कुछ नहीं है। उदास मन से हनुमानजी का दर्शन कर तालाब को प्रणाम कहने के लिए मन्दिर के बाजू में चला आया हूँ। वहीं पर एक कागज में कविता की तरह कुछ लिखा हुआ मिला है। यह कविता तो नहीं है, कविता जैसा रूप-लावण्य,

जैसा मैंने सुना है, इसमें नहीं है। मन में प्रश्नोत्तर होने लगे–

'यहाँ कौन रख गया होगा?'

'क्या गेल्हा?'

'नहीं–नहीं वह तो पाताल लोक को गया हुआ है।'

'फिर कौन?'

'मैं रखा हूँ।' मन्दिर की तरफ से आवाज आई।

'भगवन! आप।'

मैंने कई बार पूछा मगर कहीं से किसी की आवाज सुनाई नहीं पड़ी। मैं जो कुछ कागज में लिखा हुआ है, पढ़ने जा रहा हूँ ताकि सनद रहे और वक्त पर काम आवे।

वो अकेले पड़ गये मनुष्य,

दिल का दायरा बड़ा रखना,

आत्महत्या मत करना,

क्योंकि यह महापाप है।

मैं अकेले ही बोलता हूँ,

तुम अकेले ही लिखते हो,

पढ़ते भी अकेले हो।

एक बात सुनो,

साहित्य पर सबसे पहला हक अकेले हुए लोगों का है।

मैं अकेले ही बोला हूँ और तुम अकेले ही पढ़े-लिखे हो।

अकेले हुए लोग ही रचनाकार होते हैं।

वो अकेले पड़ गए मनुष्य,

तुम जरूरी हो मेरे लिए,

मैं जरूरी हूँ तुम्हारे लिए,

हम दोनों जरूरी हैं साहित्य के लिए।

साहित्य जरूरी है दुनिया के लिए,

और दुनिया जरूरी है ईश्वर के लिए।

वो अकेले पड़ गए मनुष्य,
रात की काली–कलूटी आँखें, जब तुम्हें डराने आएं,
दम लगाकर चीखना,
दौड़ पड़ेगा कोई–न–कोई लेखक,
कलम की धार तेज कर।
दौड़ पड़ेगा कोई न कोई पाठक
नजर का चश्मा लगाकर।
दौड़ पड़ेगा कोई न कोई जुबान वाला,
तुम्हारे लिए, साहित्य के लिए, समाज के लिए,
और ईश्वर के लिए।

वो अकेले पड़ गये मनुष्य,
यदि ये लोग न आएं तब भी,
निराश मत होना।
जंगल, पहाड़, दरख्तों को,
लुप्तप्राय नदियों को,
आवाज देना।
ये आएंगे।
या इनके पूर्वज आएंगे।
मजबूरी वश ये भी न आएं तब भी,
हताश मत होना,
एक चुल्लू पानी लेकर,
पानीदार 'गेल्हा' का आह्वान करना,
वह दौड़कर आएगा।
क्योंकि यह लड़ाई बहुत जरूरी है,
साहित्य के निमित्त,
दुनिया और समाज के निमित्त,
और ईश्वर के निमित्त।